最弱職《さいじゃくしょく》の初級魔術師 2
saijakusyoku no syokyuu majutsushi
初級魔法を極めたらいつの間にか「千の魔術師」と呼ばれていました。
KATANADUKI
カタナヅキ
ILLUSTRATION ネコメガネ

コトネ
冒険者ギルドに
所属するA級冒険者。
情報収集が得意。
ルノ
勇者召喚に巻き込まれて、
異世界にやってきた平凡な高校生。
ショボい「初級魔法」を駆使して、
危険な異世界を生き抜こうと奮闘する。
リーリス
帝国四天王の一人。
回復魔法が得意な
非戦闘職(?)。
スラミン
スライム。
水や氷が大好物。
魔石も食べる。

CHARACTER

デブリ

森人族《エルフ》の王子。
甘やかされて育ったため、
性格が最悪。

陽菜《はるな》

ルノのクラスメイトで、
異世界に召喚された勇者
の一人。アイドル的存在で
胸が大きい。

1

バルトロス帝国が行った勇者召喚に巻き込まれ、クラスメイト四人とともに異世界にやって来た高校生、霧崎《きりさき》ルノ。

勇者としての使命が待ち受けていると思いきや——持っていた職業がこの世界最弱の「初級魔術師」だったために、一人城を追われてしまう。

そんな逆境にもめげず、こつこつと鍛錬《たんれん》を続けた彼は、晴れて冒険者ギルドに所属することになった。

そこで受注したのが——最近帝都周辺で見かけるようになったという魔物、サイクロプスの討伐依頼。

さっそくルノは、冒険者ギルド所属の謎の忍者少女・コトネとともに現場に駆けつけたものの、討伐対象のサイクロプスが、以前彼を助けてくれた個体だと気づく。

彼は依頼達成を断念し、サイクロプスを人里離れた森の奥地まで逃がそうとするのだったが……

×　×　×

ルノは、魔法で作りだした氷の大型自動車――氷車《ひょうしゃ》にサイクロプスの「ロプス」を乗せ、帝都西方を飛んでいた。

ちなみにコトネには、依頼断念を伝えてもらうため、冒険者ギルドに戻ってもらっている。

荷台のサイクロプスの横には、迷子《まいご》のスライムであるスラミンが同乗しており、この子は水辺の近くに連れていく予定だった。

氷車を飛ばしつつ、ルノは呟く。

「どこに降ろそう。あんまり森の外に近い場所だと自力で戻ってきそうだし、もう少し奥に進まないとだめかな」

「キュロロッ」

「え、何？　何か見つけた？」

ルノが振り向くと、ロプスは森の中にある泉を差していた。

さっそくルノは、その泉に向けて氷車を降下させた。休憩を兼ねて、そこに立ち寄ることにしたのだ。

「よっこいしょっと……とりあえずは着地成功だな」

「キュロロロッ♪」

「ぷるるんっ♪」

地面に降り立つやいなや、ロプスがスラミンを肩に乗せたまま車から降りた。

ロプスは泉に近づき、水面を凝視《ぎょうし》している。魚がいるのに気づいたロプスは、手を伸ばして魚をつかもうとした。

「キュロロッ……」

魚を上手く捕らえられず、残念そうにするロプス。

その様子を見ていたスラミンがロプスの肩から降り、そのまま泉の中へ飛び込んだ。

「ぷるんっ」

スラミンの身体が水面に浮かび、すいすいと移動していく。鼻歌のような鳴き声を上げながらスラミンが楽しそうに泳いでいると――

「キュロロロッ!!」

ロプスまで飛び込んでしまった。

「うわっ!?」

「ぷるるんっ!?」

派手に水飛沫《みずしぶき》が上がり、周囲に水が津波《つなみ》のように押し寄せる。吹き上がった水が直撃し、ルノはずぶ濡れになった。

スラミンは衝撃で泉から放りだされ、地面に転がっている。

「まったく……濡れちゃったよもう」

ルノは泉から離れ、ため息をつきつつ服を脱いだ。そして初級魔法の「火球《かきゅう》」で服を乾かそうとしていると、スラミンがやって来て、犬のように身体を震わせる。

「ぷるぷるっ!!」

「うわ、こっちもか!?」

そんなこんなでルノは、ここで服が乾くまで一休みすることにしたのだった。


泉の周りに腰かけたルノは、夢中になって泳ぐロプスに視線を向ける。

ロプスは再び魚を捕まえようとして泉の中に潜っていた。

「キュロロロッ……!!」

「楽しそうだね。この調子ならここに残しても大丈夫かな」

「ぷるんっ」

ルノはもっと森の奥まで行こうと考えていたが、ロプスはこの場所が気に入ったらしい。ここは帝都からそれなりに離れており、人と遭遇する危険もない。

いろいろ考えた結果、ルノはこの泉にロプスとスラミンを置いていくことにした。

その後しばらくして、服が十分に乾いたことを確認すると、ルノはロプスとスラミンに声をかける。

「よし、ここでお別れしよう」

「キュロ？」

「ぷるっ？」

不思議そうに彼を見つめる二匹。

ルノとしても別れるのはつらかったが、帝都に魔物を連れていくことはできない。名残惜《なごりお》しさを振りきるように、ルノが立ち去ろうとしたところ――


「――ウオオオオンッ!!」


突如として獣の咆哮《ほうこう》が響き渡り、それとともに黒い狼の群れが現れる。

彼らはあっという間にルノ達を囲む。

慌ててルノが手を構えて魔法を発動させようとすると、木々の隙間からひと際巨大な狼が姿を現した。

「グルルルルッ……!!」

群れの親玉《おやだま》と思われるその狼は、全身が他の狼よりさらに黒い毛で覆われていた。体長は相当大きく、優に四メートルを超えている。

「……でかいな」

身構えるルノに黒狼《こくろう》は視線を向け、涎《よだれ》を垂らす。そうして獲物を見つけたとばかりに接近してくる。

ロプスが水中から出てきてルノを守ろうと近づくが、ルノはロプスを制止した。そして、黒狼に向けて手を前に突きだして告げる。

「言葉が通じるとは思えないけど……近づくなっ」

「ウォンッ……!?」

その一瞬で、黒狼はルノから異様な威圧を感じ取った。

外見は弱そうな子供にしか見えない。それにもかかわらず、自分よりも大型の魔獣と遭遇したかのようなプレッシャーを感じたのだ。

本能的に戦ってはいけないと悟った黒狼は、突然態度を一変させ、地面に伏せて慈悲《じひ》を乞うように身体を震わせる。

「ク、クゥ〜ンッ……」

「あれ？」

「「ウォンッ!?」」

戸惑うルノと同じように、周囲を取り囲んでいた狼達も状況を呑み込めずにいた。ルノは驚きつつも、構えていた手を下ろす。

「襲いかかってこない……なんでだろう？」

「キュロロロッ？」

ルノが振り返ると、そこにはロプスがいた。ロプスは不思議そうに黒狼に視線を向けている。それを見てルノはなんとなく納得する。

「あ、ロプスに怯えたわけか。さすがだね」

実際には見当違いなのだが……それはさておき、ルノはロプスを連れたまま黒狼に近づいた。そして黒狼をなだめるようにその毛を撫でる。

「ほら、もう怯えなくても大丈夫だよ。ロプスはいい子だから」

「クゥンッ……」

「キュロロッ」

ロプスもルノを真似て、黒狼の頭を撫でた。黒狼はそれで安心したようで、ルノとロプスに身体を触らせる。

そうして仲良く交流していると、周囲で様子をうかがっていた狼達が、敵意を剥《む》きだしにして集まってくる。

「「「グルルルルッ……!!」」」

戸惑うルノをよそに、黒狼が狼達に向かって怒声を浴びせかける。

「ガアッ!!」

「「「クゥンッ……!?」」」

一喝《いっかつ》されてその場に伏せる狼達。ルノは慌てて黒狼を注意する。

「喧嘩《けんか》はだめだよ！　ほら、君達も怖がらなくていいよ。ロプスとスラミンがこの森で暮らすことになるんだから、揉めたりしないでね」

「「「クゥ～ンッ」」」

狼達は、ルノに撫でられていった。

今までボスであった黒狼を圧倒したルノ。狼達は、ルノが新しいボスであると認識し、彼を崇《あが》めるように取り囲む。

たくさんの狼達に囲まれ、ルノ達は彼らと楽しく交流するのだった。


しばらく狼達と戯《たわむ》れたあと、ルノは街に戻ることにした。彼は並んだ魔獣達に別れの言葉を告げる。

「じゃあ俺は帰らないといけないから、ここでお別れだね」

「キュロロロッ……」

「ぷるぷるっ……」

「「「クゥ～ンッ……」」」

ロプス、スラミン、狼達がまとわりついてくる。ルノは彼らの悲しそうな目を見ながら、苦しげに言う。

「そんな、雨の日に捨てられた子犬のような目をしないでよ……また必ず遊びに来るからさ」

そう言うとルノは、「氷塊《ひょうかい》」の応用である空飛ぶ氷の板――氷板《スケボ》を発動させた。

「じゃあ、行くね」

黒狼は鳴き声を上げ、スラミンを肩に乗せたロプスは両手を振った。

「「ウォンッ!!」」

「キュロロ～」

「ぷるぷるっ」

ルノは彼らに手を振り返し、ゆっくりと浮上していく。

冒険者ギルドからの依頼は達成できなかったが、その代わりに多くの友達ができた。ルノはそのことに満足しつつ帝都へ戻っていった。

×××

一方その頃、冒険者ギルドのギルド長室にて。

森人族《エルフ》の美しい女性、アイラがコーヒー片手に書類に目を通している。ギルドマスターである彼女は、帝国から届いたという報告書を読みながら眉をひそめていた。

それは、とある少年の捜索依頼だった。

帝国にとってその少年は重要人物であるらしく――なぜか「生死を問わず捕まえるように」と記されている。

「これは……どういうことだ？」

少年の特徴は、帝国では珍しい黒髪、年齢は十五、六歳ほど。職業は、初級魔術師となっている。

アイラは即座に、ついさっき冒険者ギルドに所属したばかりのルノを思い浮かべた。

「何か訳ありだとは思ったが……ここまでのトラブルを抱えているとはね。生死を問わずに捕まえろ……とは穏やかじゃないな」

書類は今朝、帝国から届けられた正式な物だ。

ただし、その内容には不審な点がいくつもあり、少年を捕まえる理由さえ記されていなかった。

これまでにも似たような求めはあったが、今回はあまりにも不可解な点が多すぎる。

アイラは書類を手に考え込む。

「そういえば書類を届けた人物、どこかで見覚えがあるな……そうだ！　デキンのそばで常に控えている兵士だ」

職務上、アイラは帝都の王城を訪れることも少なくない。その際、彼女は大臣のデキンともよく顔を合わせていた。性格が合わないのでお互い嫌い合っていたが……

書類の出どころに怪しさを感じたアイラは、さらに推測を進めていく。

「ということは、この書類はデキンが改竄《かいざん》した可能性があるな。あいつならやりかねないが……だが、どうしてデキンがルノ君のことを？　……誰だっ⁉」

何者かの気配を感じ取ったアイラは、天井に視線を向ける。

「……私」

そこにはいたのは、コトネだった。

コトネが音もなく着地すると、アイラは安堵《あんど》の息を漏らす。

「なんだ、ヒカゲか……驚かさないでくれ。部屋に入るときは、ちゃんとノックするようにと言っておいただろ」

「窓が開いていたから入った……それと、この姿のときはコトネと呼んで」

「ああ、すまない。だが、今は二人きりなんだから別にいいんじゃないか？」

アイラはそう言うと、コトネが入ってきたという窓を閉めた。それからコトネの分のコーヒーを用意し、机を挟んで向かい合う形で座る。

「それで、彼の様子はどうだった？　A級冒険者に恥じない実力は持っていたかい？」

アイラが尋ねたのは、コトネに依頼を同行させたルノのことである。ルノは冒険者ギルドとしても異例のA級の待遇だった。

「……魔法はすごかった。どれくらいすごいかと言うと、めっちゃすごい」

「全然伝わらないんだが……」

「とにかくすごい」

「うん……まあ、すごいということだけは分かったよ」

コトネはコーヒーに大量の砂糖とミルクを入れた。猫舌《ねこじた》らしく、何度も息を吹きかけて冷ましながら味わっている。

そんな彼女を見ながら、アイラは手にしたままの書類に目を落とす。

ひとまずアイラは、依頼の件を尋ねることにした。

「君が戻ってきたということは、依頼はもう終わったんだよな。それにしては早すぎないか」

「……討伐対象のサイクロプスは発見した。けど、ルノがサイクロプスを殺したくないと言って、人里離れた場所まで送り届けることになった。それでルノだけ西の森に向かって、私は依頼を達成できないことを伝えるように頼まれた」

「え、ちょ、どういう意味⁉」

予想外すぎるコトネの答えに、アイラは驚く。

それから、ルノがサイクロプスに恩があったために、依頼を放棄したという経緯を説明されたものの、アイラはため息をついた。

「なるほど……サイクロプスは人間が近づかない場所に送り届けるから、見逃してほしいというわけか。やれやれ……」

「怒ってる？」

コトネがそう言ってアイラの顔をうかがうと、アイラは首を横に振る。

「まあね。私情で依頼を放棄したことに変わりはないんだから。どんな条件であっても、一度引き受けた依頼は必ず達成する――それが冒険者の常識。とは言ってもね、命を助けてくれた恩に報《むく》いたい、その気持ちも分からなくはないよ。今回は注意だけに留《とど》めておこう」

「怒らないの？」

「理由があるなら、むやみに叱りはしないさ。けど、彼にはいろいろと聞きたいことがあるんだよ。君が仕えている、帝国にも関係がある話だしね……」

「帝国……？」

そう言って書類を振るアイラに、コトネは首を傾げる。

アイラはギルドマスターとして、ギルドに所属する者の素性《すじょう》をつかんでおく必要があった。彼女はルノが戻りしだい、彼が隠していることをすべて尋ねるつもりでいた。

×　×　×

魔物達と別れたルノは、氷板《スケボ》で帝都に向けて全速力で移動していた。

レベルが上がったことで、「氷塊」の魔法は強化されている。そのため移動速度が増し、数分後には西の森を抜けだすことができた。

草原まで戻ってきたルノは、高度を下げてさらに進んでいく。

「あれ？　なんだろう、あの馬車……」

ルノの視界に、車輪が壊れた馬車と、その近くでうなだれる初老の男性の姿が映る。

初老の男性のそばには、屈強な肉体の大男が立っていた。巨人族《ジャイアント》らしいその大男は、すまなさそうに老人に頭を下げていた。

「申し訳ない……俺のせいだ」

「いや、お主のせいではない。元々この馬車には荷物を積みすぎていたんじゃよ。しかし困ったのう。これでは積み荷が運べん」

ルノは氷板《スケボ》から降りると歩いて近づいていき、老人に声をかける。

「どうかしました？」

見慣れない乗り物で現れたルノを見て、二人は驚いていた。老人と巨人族《ジャイアント》の男性が困惑しながら答える。

「儂《わし》は商人なんじゃが、旅の途中で魔物に襲われてしまってのう。雇っていた護衛も逃げだしてしまい、さらに災《わざわ》いが重なって魔物に殺されかけたところを、この青年に助けられたのじゃ」

「魔物との戦闘中、馬車に魔物がぶつかって車輪が壊れてしまったんだ。それで馬が逃げてしまってな」

ルノは馬車に視線を向ける。

「なるほど。確かにひどいですね」

馬車にはかなりの量の荷物が載せられていた。それで車輪は限界を迎えていたようで、魔物とぶつかった衝撃で砕けてしまったらしい。これを修理するのは不可能だろう。

「帝都に戻って助けを求めたいんじゃが、魔物がおって儂一人では無理じゃろうし。この青年が一緒について来てくれると言うが、それはそれでここに残した積み荷が心配で……」

そう言って途方に暮れる老人に、ルノが提案する。

「そういうことなら、力になりますよ！」

「おお‼　お主が代わりに帝都まで行って、人を呼んでくれるのか？」

「それは助かる。帝都まで遠いが……」

老人と巨人族《ジャイアント》の男性は申し訳なさそうにしつつも、表情を明るくした。ところがルノは首を横に振って告げる。

「いえ、人を呼びに行くわけじゃないんです」

「は？　それはどういう……」

首を傾げる巨人族《ジャイアント》の男性をよそに、ルノは魔法を発動する。

「『氷塊』‼」

「うおっ⁉」

「な、なんじゃっ⁉」

ルノが生みだしたのは、氷の大型自動車である。

突然出現した謎の乗り物に、老人と巨人族《ジャイアント》の男性は驚愕《きょうがく》する。ルノはそんな二人を気にすることなく荷台に飛び乗ると、老人に話しかける。

「これの上に荷物を載せれば、帝都まで運搬できます！」

「こ、これは乗り物なのか？　このような馬車、見たことはないが……」

「馬車じゃなくて、自動車です」

「ジドウシャ……？」

老人と巨人族《ジャイアント》の男性は顔を見合わせる。

二人ともしばらく困惑していたが、ここで長居していると魔物に襲われる可能性もあり、彼らはルノに指示された通り、自動車に乗り込むことにした。

老人が、商売用の絨毯《じゅうたん》を荷台に敷き詰めていく。巨人族《ジャイアント》の男性は、馬車の積み荷である木箱を自動車の荷台に運んでいった。

「これでいいのか？」

「けっこう重いですね……」

「すまないのう。もし無事に戻れたら、必ず礼をするからな」

すべての荷物を荷台に運び込むと、ルノと老人は運転席に移動する。一緒に帝都まで行くという巨人族《ジャイアント》の男性は荷物とともに荷台に乗ってもらった。さらに、荷物が落ちないようにしっかりとロープで固定しておく。

全員が乗ったのを確認すると、ルノは氷車を動かした。

「じゃあ、行きますよ……発進」

「おおうっ⁉」

「うおっ⁉」

氷車がわずかに浮上し、帝都に向けて動きだした。


ルノは二人が驚かないように、時速三十から四十キロ程度の速度に抑えていた。なお、本気を出せば百キロくらいは出せる。

老人は窓の外の移り変わる景色を見て、興奮してルノを揺すった。

「こ、これはすごい‼　馬車よりずっと速いではないか。しかもまったく揺れていない‼　いったいこれはなんなのだ⁉」

「うわわっ‼　ちょ、運転中はあんまり邪魔しないでください‼　転倒したらどうするんですか⁉」

ルノの意思で動く氷車は、集中が切れるとバランスを崩してしまう危険性がある。二人の会話を聞いて、荷台で荷物を押さえていた巨人族《ジャイアント》の男性が悲鳴を上げる。

「そ、それだけはやめてくれっ‼」

「おお、これはすまん。儂としたことが、興奮しすぎたようじゃな」

「まったくもう。帝都に着くまで大人しくしてください」

老人は少し冷静になったものの、それでも我慢できないらしい。しばらくすると再び質問してくる。

「……しかしこれは本当に素晴らしいのう。せめて魔法の名前だけでも教えてくれないか？」

大量の荷物を載せて空を飛べ、馬車よりも速く移動できるというのは、老人にとって驚くべき魔法だった。

老人のしつこさには困惑したものの、ルノとしては別に隠す必要もないので、教えてあげることにした。

「この乗り物は、『氷塊』の魔法の応用なんです」

「『氷塊』？　……まさか、あの生活魔法の？」

「そうです。生活魔法でも、工夫すれば役立つんですよ」

それからルノは、自分が初級魔術師であることを伝え、「氷塊」の熟練度を限界まで上げれば頑《がん》丈《じょう》な氷を作れ、形を変えたり飛ばしたりできると説明した。

老人はルノの話を聞いて驚き、顎《あご》に手を当てて考え込んだ。

「……むうっ、初級魔法の熟練度を極めたというのだな？　……だが、初級魔法には熟練度はないはずだが……」

「え？　そうなんですか？」

老人はいったん黙ると、推測を口にする。

「……おそらく、初級魔法に熟練度があるのは初級魔術師だけなのじゃろう。しかしその通りであるならば、初級魔術師は隠された力を秘めているのかもしれんな。これは面白い情報を手に入れたぞ」

ルノも、初級魔術師だけが初級魔法を極められると初めて知って興奮していた。老人は改まったように言う。

「そういえば自己紹介がまだだったな。儂の名前は、バルトスじゃ」

バルトロス帝国に似た「バルトス」という名にどこか引っかかりを覚えつつ、彼も自己紹介をする。

「ルノです。一応、冒険者になったばかりです」

「ほうっ!?　冒険者だったのか。それならば、積み荷を別の街に移すときに指名依頼をしても良いか？　それ相応の報酬は約束するぞ」

「……大丈夫ですけど」

「おお、受けてくれるか!!　これはありがたいのう。この乗り物なら力の弱い魔物くらいなら寄せつけなさそうじゃ」

こうして指名依頼を受けることになったルノ。彼はふと、もし冒険者を辞めても運搬業で食べていけそうだと思いつく。

大量の荷物を運べるだけでなく、空を飛べるので魔物に襲われる心配も少ない。仮に魔物の襲撃を受けても氷の自動車は頑丈なので、サイクロプスほどの力を持つ相手でもなければ問題ない。

そんなことを考えつつルノは氷車を進める。そして帝都間近までやって来たところで、バルトスに尋ねる。

「あ、そういえば、バルトスさんはお金は大丈夫ですか？」

「金？　ああ、報酬が欲しいということか？」

「いえ、そういうことじゃなくて。帝都に入るには許可証が必要なんですけど、持っていないと、許可証の発行にお金がかかるんです」

「なんじゃとっ!?　それは本当か？」

さらに、発行した許可証には期限があることを伝えると、バルトスは忌々《いまいま》しげに親指の爪を噛《か》んだ。

「くそ、儂がいない間にそんな制度ができたのか!?　それでは帝都を訪れる商団が減ってしまうではないか!!　愚《おろ》かなことを……!!」

「許可証の制度は元々なかったんですね。最近できたとは聞いてましたけど……」

ルノがそう言うと、バルトスは呆れたようにため息をつく。

「少なくとも一か月前まではなかった。くそ、あの愚か者め……帰ったら説教をせねばならんな」

「え？　説教？」

「むっ……いや、なんでもない」

バルトスは誤魔化すように口にし、懐《ふところ》から小袋を取りだした。そして中身をあさり、許可証の代金を用意する。

一瞬、ルノにその袋の中身が見えた。

入っていたのは、白金貨と呼ばれる、帝国で最も価値が高い硬貨だった。それも一枚ではない。バルトスは白金貨を数十枚も持っていた。

「むうっ、しまったな……」

バルトスは眉間《みけん》にしわを寄せて言うと、ルノに顔を向ける。

「すまないが、お主はいくら持っている？　銀貨を持っているのならば、これと交換してほしいのじゃが」

「えっと。もしかしてそれは……」

「うむ。あ、釣りはいらんぞ」

バルトスは、価値が百倍も違う硬貨の交換を提案してきた。ルノはパニックのまま、白金貨と銀貨の交換に応じる。

それからしばらくして、荷台から声がかかった。

「おい、城門が見えてきたぞ」

「あ、本当だ。ちょっと待ってくださいね。乗り物の事情を説明してきますから」

「うむっ」

氷車が帝都西側の城門に到着した。

ルノは氷車を地面に着地させ、そのまま降りる。見張りの兵士達は、謎の乗り物でやって来たルノに強い警戒を示す。

「と、止まれっ‼　何者だっ‼」

「あ、待ってください‼　俺はこの帝都の冒険者です‼」

「冒険者だと？　……ギルドカードは持っていますか？」

ルノが「冒険者」と言っただけで、兵士は慌てて態度を改めた。兵士はギルドカードを手に取り、記載されていた内容を確認すると、さらに驚いて敬礼しだす。

「え、A級冒険者様でしたか‼　これは失礼しましたっ‼」

別の兵士が尋ねてくる。

「あの、あの乗り物はいったい？」

「えっと……魔法の乗り物です」

ルノは適当に答えつつ、氷車を城門まで移動させる。巨人族《ジャイアント》の男性が氷車から降りると、許可証を提示して「ダンゾウ」と名乗った。

最後にバルトスが助手席から降りる。バルトスの姿を見た兵士達は、なぜか皆一様に目を見開いていた。

「あ、あなた様はっ⁉」

「お、お帰りになられたのですか？」

「やかましい」

バルトスの前に集まり、その場に跪《ひざまず》いた兵士達に向かってバルトスは冷たく告げた。

「「えっ？」」

ルノと巨人《ジャイアント》族のダンゾウはそんな光景を見てただ驚いていた。

バルトスは、兵士に銀貨を乱暴に渡す。

「ほれ、早く許可証とやらをよこせ。これで足りるのじゃろう？」

「えっ……⁉」

「どうした？　ここに通る者は許可証が必要ではなかったのか？　早く渡せっ‼」

「お、落ち着いてください‼　先《せん》て……」

兵士がそう言いかけると、バルトスは大声で怒鳴りつける。

「貴様、公衆の面前で儂の正体をバラす気かっ‼」

「ぐはっ⁉」

兵士が何か口にしようとした瞬間、バルトスは殴りつけた。

ほかの兵士は怯えて動かず、殴りつけられた兵士はすぐに土下座する。

バルトスは声を荒らげる。

「まったく……今から儂は王城に向かう‼　どうして帝都がこのような事態に陥っているのか、皇帝に聞かせてもらうぞ。おっと……」

そこで、バルトスはルノとダンゾウに見られていることに気づく。

「これは失礼、儂としたことが取り乱したようじゃな」

「あ、いえ……」

冷静さを取り戻したバルトスは兵士達に視線を向け、ルノが移動させた氷車を指差す。

「ルノ殿、積み荷はここで受け取ろう。この兵士達は儂の知り合いでな。すべての荷物は、こやつらに手で運ばせることにする」

「えっ？」

「「えっ⁉」」

唐突なバルトスの発言に、ルノのほか、その場にいた全員が驚愕の声を上げる。

兵士達は、山積みの木箱に視線を向けて冷や汗を流す。バルトスが睨みつけると、兵士達は黙ったまま顔を伏せた。

バルトスはルノに告げる。

「無論《むろん》、報酬はちゃんと払おう。そうじゃな……ここで渡しても構わんが、何か欲しい物があれば聞かせてくれぬか？　大抵の物は用意できるからな。あとで冒険者ギルドに送っても良い」

ルノは混乱して尋ねる。

「はあ……あの、一つ尋ねてもよろしいですか？」

「申し訳ないが、儂の正体は話せん。帝国の関係者であるということしか教えられん」

ルノの質問を先回りして、バルトスは言った。

それでルノは、バルトスが身分を明かせないほどの偉い人物だと理解する。実際、今目の前で城門の兵士達はバルトスに平伏していた。

ルノはこの際なので、帝国からの依頼だったサイクロプスの件を報告することにした。

「えっと、実は俺、帝国から依頼を受けてたんです」

「ほう、そうだったのか」

「依頼内容はサイクロプスの討伐です。でも、いろいろあって討伐は果たせませんでした。サイクロプスは西の森の奥地に遠ざけたので、帝都に現れることはないと思うんですけど……やっぱり問題がありますよね」

ルノの報告に、バルトスは考え込む。

「なるほど……討伐せずに帝都から遠ざけたと。しかしあの魔獣をどうやって……いや、あれほどの魔法が扱えるのなら納得だな」

バルトスは氷車に視線を向ける。そして笑みを浮かべて告げる。

「ふむ……討伐はできなかったが、帝都に被害が及ぶことはなくなったのであろう。ならば、ギルドには儂から依頼のキャンセルを報告しよう。これで、お主が依頼放棄したことにはならないぞ」

「えっ⁉　良いんですか、そんなことしてっ⁉」

ルノが驚くと、バルトスは言う。

「ただし条件がある。今回、儂の積み荷を運んでもらった代金は免除してもらいたい。その代わりに、サイクロプスの件は不問にしよう、というのはいかがかのう？」

「あ、はい。そもそも今回は、そういうつもりじゃなかったですし」

「そうか。それならば、その旨、ギルドに連絡しておく」

こうしてサイクロプスの討伐は依頼そのものが取り消され、ルノのギルドカードには依頼失敗の記録は残されなくなった。

ルノとバルトスが会話している間、兵士達は氷車に積まれた木箱を運びだしていた。すべて出し終えると、バルトスは彼らに持ったまま付いて来るように命令する。

ルノはバルトスに尋ねる。

「……このあと、バルトスさんはどうするんですか？」

「王城に戻る。そこの若いのに、礼をしなければならんからな」

バルトスはそう言うと、ダンゾウに視線を向けた。ダンゾウは申し訳なさそうに言う。

「い、いや……俺は別に礼など……」

「遠慮するな。お主には命を助けてもらったのだ。儂らはもう行くが、ルノ殿はどうするのだ？」

バルトスがルノに質問を向けると、ルノは答える。

「さっそく冒険者ギルドに行こうと思います。バルトスさん、ありがとうございました」

「いや、礼を言うのは儂のほうだろう。お主にはこれからもいろいろ仕事を依頼すると思うからよろしく頼む」

そう言うと、バルトスはルノと握手をした。ルノの手を握るその力は、老人にしては強く感じられた。

驚くルノに背を向け、バルトスは兵士が用意した馬車にダンゾウとともに乗り込む。

「それでは元気でな、いろいろ助かったぞ」

「こちらこそ。依頼の件、ありがとうございます」

「気にするな……また会おう」

ルノは、バルトスの馬車が見えなくなるまで見送った。

以前狩ったゴブリンの亜種の経験石《けいけんせき》を持ったままだったことを思いだした彼は、冒険者ギルドへ行く前に、小髭族《ドワーフ》のドルトンが営む質屋に立ち寄ることにする。

「ドルトンさんには世話になってるから、恩返ししないと」

実際ドルトンのおかげで、ルノは冒険者になれたと言っても過言ではなかった。そう思ったルノは、恩返し代わりに経験石をただで渡そうと決めた。

それから彼は氷車を片付けると、氷板《スケボ》を生みだし、それに乗ってドルトンの店に向かった。

×　×　×

ルノが空から下りてくると、通行人は驚いて声を上げた。彼らの反応を気にすることなく、ルノは店に入る。

店は開いているにもかかわらず、ドルトンの姿はなかった。

「……あれ、ドルトンさん？」

奥にいるのかと思い、彼の名前を呼んでみる。

が、返事はない。

「留守なのかな……でも扉は開いていたし、おかしいな。ドルトンさっ……!?」

ルノがもう一度彼の名を呼んだとき――硝子《ガラス》が割れたような音が響き渡る。音がしたのは、天井のほうからだった。

ルノは急いで店の奥へ行き、二階につながる階段へ視線を向ける。

そこに、ドルトンの姿を見つけた。

「ドルトンさん!?」

「くっ……ルノさん!?」

ドルトンは頭から血を流して倒れていた。

ルノがドルトンのもとに駆けつけようとすると、二階のほうから聞き覚えのある女性の声が響いてきた。

「あら……あなたはどこかで会ったことがあるわね？」

「あっ……あのときのっ!?」

ドルトンの前に、金髪の女性が降り立つ。以前、ルノが街で遭遇し、彼を「魅了」してきた女性だ。

彼女の手は、血で染まっていた。

その爪は肉食動物のそれのように鋭く尖っており、ドルトンに危害を加えたのは女性であると見て間違いない。

ルノがそう考えていると、女性が視線を向ける。

「ちょうど良かったわ、あのときは逃がしたけど、今回は逃がさないわよ」

「うぐっ……!?」

女性に見られただけで、ルノの身体は動かなくなった。

以前のように、彼女の言葉が彼の頭に直接響く。

ルノが頭を押さえながらドルトンに視線を向けると、ドルトンは苦しそうにして告げる。

「ルノさん、お逃げください!!　こいつはヴァンパイアです!!　目を見ると意識を奪われますっ!!」

女性が苛立《いらだ》たしげに言う。

「うるさいわね。正確にはサキュバスよ。ヴァンパイアとサキュバスは同族だけど、性別で呼び方が異なるの。前は失敗したけど、私が本気になればどんな人間も虜《とりこ》にできるのよ……ねえ、坊や？」

「ううっ……」

サキュバスのあまりの美貌《びぼう》に、ルノは意識を失いそうになった。

とはいえ、前回彼女と接触したときに、ルノは「魅了耐性」というスキルを習得している。このスキルのおかげで、彼はなんとか身体を動かすことができていた。

「ヴァンパイア……サキュバス？」

ルノがいた元の世界では、どちらにしても空想上の存在だったが、この世界では同一種族として実在しているらしい。

ルノはすぐに彼女への対抗策を考えつき、魔法を考える。

「『光球《こうきゅう》』!!」

「あぐぅっ!?」

サキュバスの厄介な目を使えなくするため、彼は閃光《せんこう》を放った。サキュバスは予想外の攻撃を受けて目を閉じる。

たじろぐサキュバスに向けて、ルノはさらに魔法を放つ。

「『風圧《ふうあつ》』!!」

「きゃああっ⁉」

強化スキル「暴風」によって文字通り強化された「風圧」が、サキュバスを吹き飛ばした。サキュバスは勢い余って天井に叩きつけられる。

その隙にルノは階段に行き、ドルトンを起き上がらせた。

「逃げましょうっ‼」

「す、すみません……」

サキュバスは血反吐《ちへど》を吐くと、天井から身体を引き剥がした。そして、人間では視認できないような速度でルノの背後に襲いかかる。

「くぅっ……人間があっ‼」

普通なら反応すらできない速さだが、あいにくとルノも普通ではない。

「『氷塊』‼」

「ぶほぉっ⁉」

背中に殺気を感じたルノは、「氷塊」で円盤状の氷を作りだし、突っ込んできたサキュバスを再び二階へとはね飛ばした。

「こ、こんなものっ‼」

即座に起き上がったサキュバスは、さらに襲いかかってきた氷の円盤に爪を振り下ろすが、鋼鉄を切り裂けるほどの硬い爪が弾かれる。

「なっ、何よこれっ⁉」

爪を何度叩きつけても、表面に傷をつける程度しかできない。

サキュバスは激しく動揺する。このような頑丈な氷など見たことがなかった。彼女は、ルノがとてつもない実力の魔術師ではないかと考えだす。

下の階で、ルノの声が聞こえてくる。

「よし、ここで待っててくださいね。今からあの人を捕まえてきますから」

「だ、大丈夫なのですか？」

「たぶん、なんとかなります」

サキュバスは怯えた。

人間よりもはるかに優れているはずの自分をまったく恐れていない。それどころか、少年は捕縛すると言っている。

このままでは危険だ。本能的にそう察知したサキュバスはその場を離れ、侵入してきた二階の窓から逃げだそうとする。

「ま、まずいっ‼」

「あ、待てっ‼」

サキュバスが窓から飛ぼうとした瞬間、ルノが気づく。即座に、サキュバスの背後に向けて、ルノが魔法を放った。

「『白雷《びゃくらい》』!!」

「あばばばばっ!?」

サキュバスの肉体に、白い電流が走る。

そのまま彼女は落下し、地面に叩きつけられた。

ルノの放った「白雷」は、対象を麻痺《まひ》させる効果を持つ。ルノはサキュバスに近づくと、彼女が動けないことを確かめてから魔法を解除した。

「降参してください。でないと、とどめを刺しますよっ」

「あ、ああっ……す、するから……許してぇっ」

サキュバスは身体が痺《しび》れてまともに動くことができなかった。彼女はルノの言葉に従うと、怯えた表情を浮かべる。

ルノがサキュバスを拘束しようとしたとき――彼女の足元に、ルノは見覚えのある物を発見する。

「あれ？　これは……」

落ちていたのは、スマートフォンだった。

ドルトンに売却したそれがなぜここにあるのか疑問に思いながら、ルノは拾い上げる。すると、階段のほうからドルトンが声をかけた。

「ルノ様!!　このサキュバスは、スマートフォンを狙って現れたのです」

「え？　これを!?」

「そうです。無理やり奪おうとしてきまして……」

ルノはスマートフォンに視線を向ける。

スマートフォンが珍しい道具であるのは確かだ。だが、こうした強盗事件まで起きてしまうとは思っていなかった。

ルノはドルトンを見て申し訳なく感じつつ、彼の怪我の具合を気遣う。

「ドルトンさん、頭の怪我は……」

「ははは、小髭族《ドワーフ》は頭が硬いことで有名ですからね。この程度は平気ですよ」

ドルトンはそう言って笑い声を上げた。そうして彼は、頭から流れる血をハンカチで拭った。ルノはサキュバスの処遇を相談する。

「こいつはどうしましょうか……あ、逃げるなっ‼」

「ひぃっ⁉」

痺れから解放され、サキュバスが起き上がろうとする。

すかさずルノは円盤型の氷を作りだし、サキュバスの背中に落とした。即座に床に押しつけられるサキュバス。

ルノは、そんな彼女にスマートフォンを見せて尋ねる。

「どうしてこれを盗もうとしたんだ？」

「う、噂を聞いたのよ‼ 質屋のドルトンが変わった魔道具を持っているって……きゃああっ⁉」

サキュバスの返答に違和感を覚えたルノは、氷を押しつける力を強めた。

そして、さらに厳しく問い詰める。

「嘘を言うな!! 本当のことを言え!!」

「ル、ルノさん?」

責め立てるルノを見て、ドルトンは若干引いていた。

サキュバスが絶叫して答える。

「ひぃいっ……た、頼まれたのよっ……!! 豚みたいな男にそれを盗んでくるようにって……!!」

「なんとっ……!?」

ドルトンは、サキュバスの言った男に心当たりがあるらしく声を上げる。

一方ルノの脳裏には、大臣の「デキン」の顔が思い浮かんでいた。ドルトンも同じだったようで、サキュバスに尋ねる。

「その男の名前は、デキンではないですか?」

「お、覚えていない……人間の顔と名前を覚えるのは苦手なのよっ!! 嘘じゃないわっ!!」

「……たぶん嘘は言ってないみたいです」

ルノは、彼女の必死さからそう判断した。

ドルトンが額を押さえつつ、これまでの経緯を口にする。

「……実は数日前にも、乱暴な帝国の兵士がこの店を訪れたのです。それであろうことか、店の魔道具をすべて渡せと言ってきまして……そのときは商業ギルドの名前を出して帰っていただきましたが……おそらく大臣がよこしたのでしょうな」

「……!?」

「それに最近、客足が悪いんです。これもまた大臣の仕業《しわざ》かもしれません。まあ、ルノ様のおかげで、大量の経験石を手に入れられているので、店としては問題ないんですが」

「いろいろと迷惑をかけていたようですみません……」

自分のせいでドルトンがトラブルに巻き込まれていたと知り、ルノは申し訳なく思った。しかしドルトンは朗らかに笑い、首を横に振る。

「謝らないでください。ルノ様がいなければ、私は殺されていたところだったんです。それに今回の件で、大臣の悪事を暴《あば》けるかもしれません」

そうして笑みを深めると、ドルトンはさらに続ける。

「では、ルノ様は冒険者ギルドに行き、この女を引き渡してください。私は商業ギルドに赴き、今回の件を報告したいと思います」

「で、でも、ドルトンさんを一人にするのは……」

「はっはっは……大丈夫ですよ。あとで冒険者ギルドのほうにも立ち寄らせていただきますので」

心配するルノを安心させるようにドルトンがそう言うと、サキュバスが騒ぎだした。

「くうっ……人間なんかに私がぁっ!!」

「うるさいっ!!」

「いたたたたっ!?」

ルノはサキュバスの頬を引っ張って黙らせる。

それから彼は、サキュバスを連行するため、「氷塊」の魔法で雪の結晶のような形をした手錠を作りだした。

「動くなよ」

「ひっ!? 冷たいっ!?」

サキュバスの両手と両脚をそれで拘束して目の回りを布で巻くと、彼女を肩に担いで窓の外に向けて手を構える。

「そいやっさあっ!!」

「な、なんなの!?」

ルノが変な掛け声を発した瞬間――窓の外に、スポーツカーの形をした氷車が生みだされた。ルノは窓枠をまたいで、氷車に乗り込む。

「じゃあ、先に冒険者ギルドに向かいますから、ドルトンさんも気をつけてくださいね」

「は、はい……お気をつけて」

ドルトンに別れを告げると、ルノは氷車にサキュバスを投げ入れる。

彼女は非難の声を上げた。

「いたたたたっ⁉　ちょ、冷やっとしたっ⁉　お尻が冷っとしたからっ⁉」

そんな光景を見て、ドルトンは笑っていた。

ルノはドルトンに向かって手を振りつつ、冒険者ギルドに向けて氷車を発進させるのだった。

×　×　×

西の森に置いていかれたロプスは、黒狼と対面していた。黒狼は西の森の主であり、西の森の主の座を懸けて勝負をしているのだ。

「ガァアアアアッ‼」

「キュロロロロッ‼」

取っ組み合う、二頭の巨獣。

ルノから、傷つけ合わないようにと注意されていた彼らは、相撲《すもう》で決着をつけることにした。相手を地面に組み伏せたほうが勝ちとなる。

張り手をくらわせるロプスに対し、黒狼は巨体を生かして圧《お》しかかる。

周囲の狼達とスラミンは一生懸命応援していた。

「「ウォオオオンッ‼」」

「ぷるぷるっ!!」

ルノが戻ってくるまでにこの森を治める主を決めるべく、魔物達は平和的（?）に争うのだった。

×　×　×

氷車でサキュバスを連行し、冒険者ギルドに帰還したルノ。

ルノが彼女を引っ張って建物に入ろうとすると、ギルドの扉の前で、見知った顔が彼を待ち受けていた。

「……バルトスさん?」

「おお……ずいぶん早く再会したのう」

バルトスは笑みを浮かべていた。兵士達がついており、彼らはそろって両手に重そうな木箱を抱え、扉の前に並んでいる。

ルノはバルトスに尋ねる。

「どうしたんですか?　王城に行くはずじゃ」

「うむ、そのつもりだったのだが、ギルドマスターに用事があることを思いだしてな。年を取ったせいか、最近、物忘れが激しくてのう。ところで、お主の名前はなんじゃったっけ?」

「ちょっと!　……本当に大丈夫ですよね?」

「冗談じゃよ。ルノ……殿で構わんか？　で、そっちの女子《おなご》は？」

バルトスはそう言うと、ルノの背後のサキュバスに視線を向ける。

サキュバスの目隠しの布が外れかけていた。どうやら、氷車で移動しているときに緩んでしまったらしい。

彼女は頭を振って布から片目を出すと、バルトスに視線を向ける。

「た、助けてっ!!　この男、私を無理やり捕まえて乱暴しようとしてるのっ!!」

ルノが慌ててその視線を遮《さえぎ》ろうとすると――

バルトスは眉をひそめて腕を組んで、女と向かい合った。

「ふんっ!!　サキュバスだったか。あいにくじゃが、儂が愛する女性は今は亡《な》き妻だけじゃ!!　その程度の『魅了』の魔法で、この儂が操れると思ったか!!」

「ひぃっ!?」

バルトスは老人とは思えぬほどの気迫を放った。

サキュバスは悲鳴を上げて腰を抜かしてしまう。ルノが呆然とするなか、バルトスは兵士達に視線を向けて命令する。

「その女を捕まえろっ!!　ルノ殿、構わんな？」

「あ、はい……どうぞやっちゃってください」

ルノが頷くと、兵士がサキュバスを取り囲む。

「分かりました!!　おい、動くんじゃないぞっ!!」

「く、くぅうっ……!!」

サキュバスは再び目隠しされ、そのまま連行されていくのだった。


あとのことは帝国の兵士に任せて、ルノはバルトスとともに冒険者ギルドの建物に入った。ルノはバルトスに尋ねる。

「ところで、バルトスさんはどうしてここに？」

「お主に頼まれた依頼の件とは別に、ちょっとな。ここでお主と出会えたのはちょうど良かった。ともにギルドマスターに報告しようではないか」

「分かりました」

ルノとバルトスの後ろに、木箱を抱えて汗だくになった兵士達が続いていく。ギルド内の冒険者達が、彼らを見て驚いたようにひそひそ話しだす。

「な、なんだっ!?　兵士!?」

「おいおい、誰かまた何かやらかしたのか？」

「あれ？　あの子……冒険者志望の子供じゃない？」

騒ぎだした冒険者達に向かって、バルトスは朗らかな笑みを浮かべて言う。

「これこれ、そう騒ぐでない。ギルドマスターはおるか？」

すると、受付嬢が慌てて受付口から飛びだしてくる。彼女はバルトスの前にやって来ると、頭を下げた。

「こ、これは失礼しました、バルトス様!!　本日はどのようなご用件でしょうかっ⁉」

「だから、ギルドマスターに会いに来たと言ったではないか。ここにおるのじゃろう？」

「は、はいっ!!　すぐにお呼びします!!」

「いや、その必要はない。儂のほうから出向こう。ギルド長室にいるのか？」

「おります!!　では、ご案内いたしますっ!!」


受付嬢は緊張しながら、バルトスをギルド長室に案内する。

ルノはバルトスのあとに続き、ほかの兵士達は木箱を持ったまま待機を命じられた。受付嬢は震えつつ、どうしてバルトスがルノと一緒にいるのか気になって尋ねる。

「あ、あの……つかぬことをお伺いしますが、その……どうしてバルトス様が彼と一緒に？」

受付嬢の質問に、バルトスは平然と答える。

「ルノ殿に、旅の道中で助けられてな。彼へのお礼も兼ねて、ギルドマスターに話したいことがあるから、一緒についてきてもらっているだけじゃよ」

「そ、そうでしたか。これは失礼なことをお聞きしました」

「失礼ではない。それと悪いが、ここまで来るのに少し小腹《こばら》が空いてのう……何か食べる物があれば、用意してほしいのう。軽い物で構わんのだが……」

「分かりました!!　すぐに用意いたします!!」

バルトスに対して、受付嬢は終始緊張しきっていた。

ルノは、バルトスが権力者だというのはなんとなく分かっていたが、いったい何者なのかまではピンと来ていなかった。


数分後、ギルド長室にて。

複雑な表情を浮かべるアイラの前で、ルノとバルトスが並んで座っている。二人はギルドの職員が用意してくれた茶菓子を堪能《たんのう》していた。

「あ、美味しいですね、このクッキー」

「そうじゃろう?　儂の子供の頃からあるお菓子じゃ。最近では作る者が減ったので滅多に食べられなくなったが、このギルドにはあるようじゃな」

「この緑茶も美味しいですね」

「それは、儂がギルドマスターに頼まれて納めた品じゃ。ほれ、お主も黙ってないで味わわないか」

バルトスからお茶を勧められたアイラは、戸惑いながらもお茶に手を伸ばした。アイラの隣にはコトネがおり、茶菓子を頬張っている。

「……えっと、ではいただきます」

「……美味い」

アイラは、自分がバルトスに呼びだされたのは、仕事の話をされるためだと思っていた。だが、それにもかかわらず話は進んでいない。

アイラは目の前の二人に視線を向ける。

（ど、どういうことだ？　どうして二人そろって現れたんだ？）

バルトスと、ギルドの新入り冒険者ルノ。接点があるはずもない二人がどうしてここにいるのか。

アイラは目の前の光景に困惑していた。

（バルトス様に子供や孫はいないはず。ということは親戚か？　……いや、待て……冷静になるんだ）

バルトスは、現皇帝の兄であり、弟の前にこの帝国を統治していた。そんな先帝とルノのつながりにアイラが悩んでいると、隣のコトネが質問する。

「……どうしてルノとお爺さんが一緒なの？」

「ちょっ、コトネ!?　お爺さんって、バルトス様に失礼だろう!!」

焦ってアイラは声を上げたが、バルトスは気分を害した様子はなく、むしろ嬉しそうにしていた。

バルトスはコトネと面識があるらしい。

「はっはっはっ!!　相変わらずじゃのう、そこの娘っ子は。いや、気にするでない。今の儂は隠居した身、畏《かしこ》まる必要はない」

アイラと同様にこの異様な空間に混乱していたルノは、ひとまずバルトスに尋ねる。

「あの……皆さんって、どういう関係なんですか？」

「おお、すまんすまん。言い忘れておったのう……ここにいるアイラは、儂が働いていた職場の部下だったのじゃが、いろいろあってな」

「え？　アイラさんは元々冒険者じゃなかったんですか？」

ルノが疑問を向けると、アイラは慌てだす。

「ああ……いや、私の場合はちょっと複雑な事情があってね。一時期だけバルトス……様のもとで働いていた時期があったんだ」

「儂の護衛として仕えていたのじゃよ。そういえばアイラよ、この少年からだいたいの話は聞いておるが、サイクロプスの討伐の依頼をされたそうじゃのう。悪いが、その件は儂のほうから断らせてもらう。理由は聞かんでくれ」

いきなりバルトスがそう告げると、アイラはますます困惑してしまう。

「えっ⁉　ど、どうしてバルトス様が依頼のことを……」

「こちらにも事情があってな。無論、キャンセル料は支払わせてもらうぞ」

「は、はあっ……バルトス様がそうおっしゃるのなら……」

アイラの返答を聞きつつ、バルトスはルノに目配せした。それからバルトスは、自分がここを訪れたもう一つの理由を話す。

「それでは本題に入るが……儂がいない間に、帝都に入るだけで金を取るという新しい制度が導入されたというのは本当か？」

アイラはため息交じりに答える。

「……ほ、本当です」

バルトスの表情が一変した。

沈黙が辺りを包み、空気が一瞬にして変わった。それを察知して、ルノとコトネはアイラに視線を向ける。

彼女は一つ頷くと口を開いた。

「君達はもう帰っていい。依頼の件は、私のほうで後処理をしておくから」

「あ、はい……なんかすみませんでした」

「別に、君が謝る理由はない」

ルノが申し訳なさそうにしていると、コトネが彼の耳元でささやく。

「……ルノ、スラミンとサイクロプスの話を聞かせて」

「あ、うん。バルトスさん、いろいろとありがとうございました。失礼します」

「うむっ」

ルノはコトネを連れて退室する。去り際にルノが頭を下げると、バルトスは朗らかな笑みを浮かべていた。

×　×　×

ギルド長室は、アイラとバルトスの二人だけになった。

バルトスは嘆かわしそうに言う。

「儂が、小髭族《ドワーフ》領の温泉街に湯治《とうじ》に行ってることになっていた間に、この有様か……連絡がいっさいないのはおかしいと思っておったが……」

「……申し訳ありません。私も何度か陛下に直訴《じきそ》しようとしたのですが。どうしても今の立場では難しく……」

弁解するアイラに、バルトスは首を横に振る。

「お主を責めるつもりはない。ともかく城に戻りしだい、大臣を詰問しなくてはな……少年から先ほど聞いた、サキュバスの証言も気になるからのう」

「サキュバス？」

アイラがそう口にした瞬間――ギルド長室の扉がノックされた。アイラが入室を許可すると、受付嬢が慌てた様子で入ってくる。

「失礼します!!　アイラ様、バルトス様!!」

「どうかしたのかい？」

アイラが尋ねたところ、受付嬢は早口で答える。

「それが……ドルトン様が受付にいらっしゃり、アイラ様との面会を求めていまして……商業ギルドへ報告した後に、ここへ立ち寄ったとのことで」

「ドルトンさんが？」

「ほう、ちょうどいい。そのドルトンとやらをこの部屋へ招きなさい。サキュバスとも関係あることじゃろう」

不思議そうな顔をするアイラに対し、バルトスは事情を分かっているようだった。

「は、はい!!　分かりました!!」

受付嬢は慌てて受付口に引き返した。

×　×　×

ルノは、コトネとともに冒険者ギルド一階の酒場を訪れていた。

この世界にはルノが元いた世界の料理もあり、ハンバーガーのようなファーストフードまである。

二人はそのハンバーガーを頼んでいた。

「こっちにもこんな物があるんですね。でも、なんで酒場に？」

「……こっち？　よく分からないけど、酒場のメニューのほとんどは冒険者のアンケートを元に作られている。ちなみに、ギルド長も私もサンドウィッチのほうが好き」

「なるほど」

「そろそろスラミン達がどうなったのか教えて」

「あ、すみません。実はですね……（かくかくしかじか）」

「……へぇ」

ルノは、ロプスを西の森の奥地に送り届け、遊び相手としてスラミンも一緒に残したこと、そして、途中で遭遇した黒狼達と仲良くなったことを伝えた。

スラミンを置いてきたと聞いて残念そうにするコトミンに、ルノは提案する。

「暇なときは、ロプス達の所に遊びに行くつもりですけど、コトネさんも来ます？」

「コトネでいい。私もついて行っていいの？」

「全然問題ないですよ。あ、そうだ！　サイクロプスやスライムの好物とかを教えてもらえるとありがたいんですけど」

「……サイクロプスは果実が好き。スラミンは味のある飲み物を好む。お酒やジュースとか。狼系の魔獣は生肉を好むから、調理された肉は食べないと思う」

そんなふうに他愛もない会話をし、ルノはコトネと親交を深めた。しばらくして、コトネが用事を思いだしたらしく、立ち上がって告げる。

「……前の仕事の依頼人に会ってくる。ルノはどうする？」

「今日は帰ります。回復薬とかも作っておきたいので」

ルノが回復薬を作れると聞いて、コトネが驚いたような顔をする。

「ルノは回復薬が作れるの？　……本当なら、私にも分けてほしい」

「別にいいですよ。今度会うときまでに用意しておきますね」

経験石のお金だけで十分な金額になっている。それでもルノが回復薬作りを続けるのは、ほかの人にも役立つと思ったからだった。ちなみに、サイクロプスを送り届けたあと、森に立ち寄ってちゃっかり薬草を採取してある。

ルノはふと思いついて尋ねる。

「あ、そういえば、聞きたいと思ってたことがあって。コトネさ……いや、コトネの使っていた戦技とかは、俺も訓練すれば扱えるようになるんですか？」

「……分からない。できなくはないかもしれないけど、自分の職業に向いていない技能や戦技を覚えることは難しいはず」

「そうですか……」

ルノががっかりしてしまうと、コトネは励ますように言う。

「落ち込む必要はない。あなたは私が真似できないすごい魔法を扱える……人には得手《えて》不得手《ふえて》があるんだから、無理に技や力を身につける必要はない」

ルノとしては、魔法以外の戦技を覚えたいと思っていた。とはいえ、魔術師が剣士や戦士のような接近戦の戦技を覚えることは難しいらしい。

ルノは自分を納得させるように強く頷き、ぼそりと口にする。

「そうですよね。魔術師のくせに大剣や拳《こぶし》で戦おうとするなんて、邪道《じゃどう》ですよね」

「……悪いとは思わないけど、普通そんな人間はいない」


その後、コトネと別れたルノが冒険者ギルドを出ようとしたとき――バルトスについて来ていた兵士達が目に入った。彼らは皆一様に疲れた顔で壁際にへたり込んでいた。

「ううっ、どうしてこんなことになったんだ」

「大臣の指示に従っていただけなのに……」

「しょうがないだろ……あの人には逆らえないよ」

ぶつくさと愚痴《ぐち》る兵士達。バルトスが彼らに持たせていた木箱がなくなっている。王城に持っていくと言っていたが、冒険者ギルドに納めたらしい。

ルノはバルトスの正体を兵士達に聞こうと思ったが、彼らがずいぶん疲れているようだったので、やめておくことにした。

ギルドを立ち去ると、ルノはそのまま宿に向かった。

ルノは通りを歩きながら、ドルトンに売却したスマートフォンを持ったままだったことを思いだす。

「あ、しまった!! これ、返しそびれちゃったよ……まあ、あとで返せばいいか」

壊れていないか確かめるため、起動させてみる。

「あ、ちゃんと動いた」

スマートフォンをアイテムボックスに戻しつつ、ふと考える。彼は、ドルトンがスマートフォンのせいで命を落としかけたことに罪悪感を覚えていた。

「やっぱり、ドルトンさんには悪いけど、これは返してもらったほうがいいかもしれないな。また変な人に襲われたらまずいし……」

ルノはスマートフォンを買い直すことを決めた。

幸い冒険者ギルドに大量の金貨を預けてある。今まで世話になったドルトンのためなら、スマートフォンとの交換に、すべての金貨を差しだすつもりだった。

「この世界の常識を教えてもらったり、仕事を紹介してもらったりした恩人を危険な目に遭わせたんだよな。こっちの世界にない道具を見せびらかすのはやめておこう」

どのようにスマートフォンの話を切りだそうか考えながら歩いていたところ——背後から男達の

声が聞こえてきた。

「見つけたっ、あいつだ‼　あいつが例の奴だっ‼」

「間違いないのか？」

「だが、確かに報告書通りの特徴だな。捕まえろっ‼」

ルノが振り返ると、顔に大きな痣《あざ》のある男がいた。南門でいつもいじわるをしてきた元警備隊長である。彼の周囲には、立派な鎧を着た兵士達がいた。

元警備隊長がルノを指差して喚《わめ》く。

「お、おいっ‼　こいつを見つけたのは俺だからな‼　約束通りこの俺を元の役職に戻せっ‼」

「うるさいっ‼　貴様は用済みだっ‼」

「牢から出してもらえただけでもありがたいと思えっ‼」

「うわぁっ⁉」

元警備隊長が立派な鎧の兵士達に突き飛ばされる。兵士達はそのままルノのほうへ向かってきた。

ルノは危険を察知して逃げだす。

「なんだっ⁉」

「逃げたぞっ‼　追えっ‼」

「絶対に捕まえろっ‼」

「抵抗するな、殺しても構わんっ‼」

「ま、待てっ！　そいつは俺が見つけたんだぞっ⁉」

兵士達はルノを追い、元警備隊長も起き上がって走りだす。

よく分からないが、狙われていることは間違いない。そう考えたルノは氷板《スケボ》を生みだすとそれに乗って飛び上がった。

「なんなんだいったい‼」

「な、なんだ⁉　飛んだぞっ⁉」

「そ、空を飛んだぞっ⁉」

「逃がすなっ‼　なんとしても捕まえろっ‼」

一気に上昇していくルノ。

兵士達は驚きながらも、彼のあとを追いかけようとする。だが、空を飛ぶ彼に、重い鎧を着けた兵士達が追いつけるはずもなかった。


数十秒もしない間に、ルノは彼らを振りきる。

「よっと……ここまで来れば大丈夫かな」

適当な建物の上で彼は氷板《スケボ》を解除し、地上の様子をうかがう。兵士達の姿は見えず、無事に逃げられたようだ。

ルノは、どうして兵士達が追いかけてきたのか改めて考える。

今までも帝国の兵士に出会ったことはあったが、追いかけられることはなかった。どうしてさっきは捕まえようとしてきたのか――

ある人物の顔が、ルノの頭に浮かぶ。

「大臣が俺のことを探しているとか言っていたな……ということは、あの兵士達は大臣の配下か？あと、あの元警備隊長の人、前にも俺を捕まえようとしたな」

元警備隊長は、サイクロプスの一件でクビにされた人物である。彼は牢に入れられていたはずだが、なぜかあの場にいた。

それはともかく大臣は、ルノを追いだしておきながら今さら捕まえようとしている。さらには、ドルトンをはじめとして、ルノがお世話になった人達に迷惑をかけていた。

「何が起きているのか分からないけど、さすがにムカついてきたな……」

ルノは意を決して、大臣に直接文句を言いに行くことに決めた。

「よし、王城に向かおう!!」

そう決心するやいなやすぐに行動に移そうとするルノだったが、そこでふと思いつく。

「あ、でも、もうほかの人を巻き込みたくないから……冒険者ギルドに向かおう」

所属する冒険者ギルドに迷惑をかけたくない。そう思った彼はアイテムボックスからギルドカードを取りだすと、冒険者ギルドに向かった。

さっそく冒険者ギルドに戻ってきたルノは、追手が来ていないのを確認すると、そのまま建物の中に入る。

中にいるのは、バルトスの護衛として連れられてきた者達だけだった。

受付嬢がルノに気づいて尋ねてくる。

「あれ？　どうしたんですか、ルノさん。もう今日はお帰りになられたんじゃ」

「あ、はい。ちょっと用事を思いだしまして……」

ルノは、ギルドカードと「退職願」と書かれた封筒を差しだして、さらに続ける。

「申し訳ありませんが、今日限りで冒険者を辞めさせてもらいます。長い間、お世話になりました」

「長い間って、君が入ったのは今日だよね!?」

あまりにも唐突なルノに、受付嬢は唖然としてしまう。

ルノが勢い良く告げる。

「今までありがとうございましたぁっ!!　退職金はギルドの口座のほうに振り込んどいてください」

「ちょ、待って!?　誰かその子を止めてぇっ!!　ただでさえ人材不足なのに、A級冒険者が辞めるなんて認められないからぁっ!!」

受付嬢が必死に引き止めようとするが、ルノはそれを振りきって冒険者ギルドから出ていった。

そして、氷板《スケボ》を生みだして飛んでいってしまう。ルノを追いかけて受付嬢が外に出た頃には、すでに彼の姿はなかった。

ルノは王城に向けて、移動していた。

×××

十数分後、冒険者ギルドでは、アイラ、バルトス、ドルトンが受付嬢の話を聞いていた。ルノが唐突に冒険者ギルドを辞めたと聞いて、全員激しく困惑する。

「や、辞める？　今日入ったばかりなのにっ⁉」

「ど、どういうことじゃ？　お主ら、あの少年に何かしたのか？」

「まさか陰湿ないじめでも……」

受付嬢が必死に否定する。

「いやいやいやっ‼　今日入ったばかりの期待の新人にそんなことするわけないじゃないですかっ⁉　第一、あの子はほとんど外に出ていましたし」

アイラは、ルノが残したというギルドカードと退職願に視線を向ける。

ルノが冒険者を辞めた理由を彼女なりに考えてみたが、やはり理解できない。先ほど話をしていたときはそんな素振りは感じさせなかった。

ドルトンが受付嬢に質問する。

「ルノ様に何かあったのですか？　私の印象では、理由も言わずに辞めるような人ではないと思うのですが……」

「そう言われても……特に心当たりはなく……」

受付嬢が戸惑っていると、バルトスが質問を向ける。

「ふむ……ひとまずあの少年を探しだしたらどうだ？　住んでいる場所くらいは分かるのじゃろう？」

「あ、はい!!　確か、黒猫亭《くろねこてい》という宿屋に宿泊しているはずです!!」

受付嬢の返答を聞いて、アイラは安堵する。

「よし、それならコトネを彼のもとに向かわせよう。ルノ君も、一緒に仕事をした仲のコトネなら、冷たく追い返さないだろうし……」

すると、ドルトンが提案してくる。

「私も参りましょうか？　ルノ様にはお礼をしなければなりませんし、そのついでに冒険者を辞めた理由も聞いておきましょう」

「それは助かります!!」

受付嬢が礼を伝えると、続いてバルトスが言う。

「儂は一足先に王城に戻ることにしよう。しかし、儂のいない間に勇者召喚を行うとは……弟と大臣にはしっかりとお仕置きせねばならないな」

先帝、バルトスの影響力は、皇帝を辞した今でも大きく残っている。実際、現皇帝よりも彼を崇拝する者は多かった。

とはいえ、現皇帝が悪いわけではない。彼が評価を落としているのは、大臣が政治に介入しているせいだとも言われていた。

これまでバルトスは、弟に皇位を譲ったのだからと大人しく隠居していた。

しかし、帝都に入るだけで金を取るという制度は見過ごすことができなかった。また、勝手に異世界から勇者を召喚したと聞かされては、さすがに黙ってはいられない。

バルトスは沸き立つ怒りを抑えながら静かに告げる。

「では、儂はそろそろ戻らせてもらうぞ。アイラよ、万が一の場合はお主の冒険者を雇うかもしれん」

「分かりました。バルトス様もお気をつけて……」

アイラとバルトスがそんな会話をしていると——突然、大勢の人々が冒険者ギルドになだれ込んでくる。

「た、大変だっ!!」

大挙して現れたのは、帝国の兵士達だった。

彼らはギルド内の冒険者を目にすると、誰彼構わずすがりつく。

「た、助けてくれっ!! 頼むっ!!」

「お願いします!! なんでもしますからっ……どうか助けてくださいっ!!」

「騒がしいぞっ!! いったいなんなのじゃっ!!」

入ってきた帝国の兵士達を、バルトスが怒鳴る。帝国の兵士達はバルトスを一目見て、先帝だと気づきすぐさま跪《ひざまず》いた。

兵士の一人が尋ねる。

「せ、先帝!! お戻りになられていたのですかっ!?」

「お主は……王城の警備を任されている兵士ではないか? どうして勤務中にもかかわらず、ここを訪れたのじゃ?」

バルトスがそう問うと、兵士は思いだしようにわなわな震えだした。そして、彼は青い顔をしたまま報告する。

「しゅ、襲撃ですっ!! 王城にとんでもない魔術師が現れたんです!!」

「なんじゃとぉっ!?」

バルトスの声が冒険者ギルド内に響き渡った。

2

時を少し前にさかのぼり――ルノは王城に向けて氷板《スケボ》を走らせていた。

すぐに王城にたどり着いたルノは、怒りをたぎらせたまま城門前に立つ。

王城の城門は、普段から閉じられている。城門前にいる見張りの兵士を見つけたルノは、動じることなく近づいていった。

「すみません!! デキン大臣はいますか!?」

「な、なんだ、貴様はっ!?」

「平民ごときがこの城になんの用だっ!?」

威圧するように質問してくる兵士達に対し、ルノは怒りのまま大声で返す。

「先に質問に答えてくださいっ!! 大臣はいるのかと聞いているんですけどっ!?」

兵士達はルノから強烈なプレッシャーを感じ取った。本能的に恐怖してしまい、自然と敬語になる。

「だ、大臣は城の中にいます。外出していないはずです……」

「そうですか。なら、中に入らせてください」

「ちょ、ちょっと待て!! あ、いや……待ってください。あの、あなたはいったい……？」

困惑する兵士を、ルノが責め立てていると——城門横にあった扉が開かれ、一人の兵士が出てくる。

「おい、なんの騒ぎだ？」

兵士は、かつてルノが王城から追放された際、大臣のそばに控えていた人物だった。即座に気づいたルノはその兵士に話しかける。

「あなたは、前にデキン大臣と一緒にいた人ですね？ 俺のことを覚えてますか？」

「はあっ？ ……あ、お前は!?」

兵士のほうもルノに見覚えがあったらしい。兵士があたふたしていると、ルノはその両腕をつかんで、軽々と持ち上げた。

その光景に、周囲の兵士達は呆然とする。

ルノは、持ち上げた兵士を左右に揺すりつつお願いする。

「今すぐ大臣に会わせてください」

「な、何を言ってっ……いだだだっ!?」

「副隊長っ!?」

鎧越しにつかまれているにもかかわらず、ルノの握力は恐ろしかった。副隊長と呼ばれたその兵士は抜けだそうとしたが、動くことすらできない。

ルノが厳しい口調で責める。

「もう一度だけ言います。大臣に会わせてくださいっ!!」

「ば、馬鹿を言うなっ……お前ごときが大臣様とぉおおっ!?」

「副隊長!?」

話にならないと思ったルノは、副隊長を放り投げた。

それで副隊長は五メートルほど飛ばされ、背中から地面に落下した。彼は泡を噴き、すでに気絶していた。

ルノは正攻法では通れないと判断し、強行突破を決意する。

「申し訳ありませんけど、中に入らせてもらいます。『風圧』!!」

「うわぁっ!?」

「ひぃいっ!?」

彼は「風圧」で、直接自分の身体を浮かび上がらせた。

この初級魔法は本来、手のひらから風を放つものだ。しかし熟練度を限界まで極めたルノは、風の力を調整し、飛ぶこともできるようになっていた。

ルノはそのまま城壁を乗り越え、内部に侵入していく。

「い、いったいなんの騒ぎだ⁉」

「おい、何事だ⁉」

「し、侵入者だっ‼　城の中に侵入者が入り込んだぞぉっ‼」

城壁内の兵士達はパニックに陥っている。

完全にキレたルノは、近づいてくる兵士達に向かって手を構え告げる。

「俺の名前はルノ‼　数日前、この城で召喚された異世界人です。デキン大臣に会わせてくださいっ‼」

兵士の中にはルノの正体を知っている者も少なくなく、口々に声を上げる。

「な、なんだと⁉」

「異世界人だと……あの報告書の？」

「まさか、例の勇者召喚に巻き込まれた一般人か？」

「ば、馬鹿なっ‼　召喚されたのは、無能の初級魔術師のはずだぞ⁉　城に侵入できるはずがないっ‼」

報告書というのは、皇帝がルノを保護するために撒いたものである。その一方で、デキン大臣からルノの捕縛を命じられた兵士もいた。

そうした兵士の一人が口を開く。

「へっ、どうやってこの城に忍び込んだのかは知らないが、ちょうどいい!! こいつを捕まえろっ!!」

「おい、だが、例の報告書ではむやみに傷つけるなと……」

「城壁内に侵入した時点で犯罪者だっ!! おら、どかないなら俺が行くぞっ!!」

デキンは皇帝の報告書を改竄《かいざん》し、ルノを「保護」ではなく「捕縛」するように書き換えていた。

そんな大臣の指示を鵜呑みにした兵士達がルノに近寄ろうとする。

ルノは近づいてきた者達に対し、怒りのままに魔法を炸裂させる。

「『白雷』っ!!」

「「「あばばばばばっ!?」」」

兵士達はまとめて動けなくなり、地面に倒れた。

「デキン大臣に会わせてください!! 文句を言いに来ただけです!!」

ルノがそう言うと、兵士達はざわめきだす。

「黙れっ!! おい、この不届き者を捕まえろっ!!」

「し、しかし……命令では保護しろと」

兵士の大半はルノの保護を命じた皇帝に従っていた。デキンの報告書を信じる兵士はほとんどいないのだ。

しかしどちらの立場であろうと、王城に侵入したルノを見過ごせないのは事実である。ルノを拘束するため、兵士達が動きだす。

「大人しく投降しろっ!!　そうすれば、命だけは助けてやるっ!!」

「生ぬるいことを言うなっ!!　この王城に侵入した時点でこいつは死刑確定だっ!!」

皇帝派、デキン派の兵士が言い争っていると――一人の兵士がルノに向けて駆けだす。そして、明確な殺意を持って槍を突きだした。

ルノはさっと槍を避けると、槍をつかんで放り投げた。

「邪魔っ!!」

「うわあああああっ!?」

兵士はすごい勢いで吹き飛ばされ、悲鳴を上げながら転がっていった。

「「「えっ!?」」」

その光景を見た周囲の兵士達は、動揺して声を上げる。

「な、なんだ今のは……本当に魔術師なのか？」

「補助魔法で身体能力を強化したんじゃ……」

「そんな馬鹿なっ!!　補助魔法は支援魔術師にしか扱えないはずじゃ……」

ルノは淡々と告げる。

「大臣に会わせてくれないなら勝手に探しますよ!!」

ルノが歩みを止めずに通路を進んでいくと、兵士達は震えながらも横一列に並んで立ちはだかった。

「ま、待てっ!!　ここから先は通さんぞっ!!」

「探されるのが嫌なら、ここに大臣を呼んでください!!　そうすれば何もしませんから!!」

「ほ、本当か？」

突如として兵士の言葉に従ったルノ。彼は腕を組み、その場に座り込んだ。

そんな彼を見て、兵士達はただ困惑していた。

ルノがその姿勢のまま、兵士達に尋ねる。

「大臣はこの城にいるんですか？」

「あ、ああっ……それは間違いない。今から呼びだしに向かうから、もうこれ以上暴れないでくれ!!　頼むっ!!」

「そちらから仕掛けてこなければ何もしません。それなら、ここで待たせてもらいます」

「お、おい!!　誰か早く大臣に伝えてこいっ!!」

ルノの返答を聞いて、兵士達は安堵する。

しかし、デキンをこの場に呼んでくるまでは安心できない。そう考えて兵士達が、これ以上ルノを刺激しないように気をつけようとしていたところ――

「おいおい、こいつかぁっ!?　例の追いだされた魔術師とやらはっ!?」

空気をぶち壊す、漆黒《しっこく》の鎧をまとった大男が現れた。

兵士達とルノが向かい合う通路に出現したその男は、それぞれの手に鏡のように煌《きら》めく大きな盾を持っていた。

「ダ、ダンテ将軍!?」

ダンテと呼ばれたその男はルノに視線を向けると、小馬鹿にしたように鼻で笑う。

「はんっ、ただのガキじゃねえかっ!!　こんな奴にびびってんじゃねえぞっ!!」

「おやめください、ダンテ様。その少年は……」

兵士の一人がそう言ってダンテに近づくと、ダンテは盾を振るった。

「うるせえっ!!　どけっ!!」

「ぐはっ!?」

兵士が派手に吹き飛ばされていく。

ルノはそのやりとりを見て眉をひそめると、近づいてくるダンテに尋ねる。

「あなたは誰ですか？」

「てめえっ……俺の名前を聞いても分からねえのか？　この王城の警備を任されている大将軍のダンテ様のことをよぉっ!?」

「知りません。聞いたこともありません」

ルノが即答すると、ダンテは顔を引きつらせる。

そして、両手の盾を叩きつけながらルノに近づく。ルノが手を構えて魔法を放とうとすると、ダンテは口元に笑みを浮かべる。

「へっ、どんな魔法だろうと俺には効かねえんだよっ。試してみるか？」

「……？」

ダンテの自信ありげな態度から、ルノはふと気づいた。ルノは、ダンテが持つ鏡のように輝く盾に目を向ける。

「もしかしてその盾って、魔法をはね返すことができるんですか？」

「……な、何を言ってやがる？　意味が分からねえことを言うんじゃねえっ!!」

「あ、図星《ずぼし》だったんですね」

ダンテが動揺して言い返してきたので、ルノは確信した。ダンテは顔を真っ赤にして、襲いかかろうとする。

「ちっ、気づいたところでだからどうしたっ!!　魔法を使わないのなら、直接ぶっ飛ばしてやる!!」

「お待ちください、ダンテ様!!　その少年は魔法以外も……」

「うるせえっ!!　ひ弱な魔術師に俺が負けるはずがねえっ!!」

兵士の一人が助言しようとするが、それを遮ってダンテは両手に盾を構えて猛牛のように突っ込んでいった。

一方ルノは冷静であり、ダンテが持つ盾に魔法が本当に効かないのか試すことにした。

「『火球』」

「はっ‼　そんなもんくらうかよっ‼」

ダンテがルノの「火球」を盾で受け止めた瞬間、鏡に光が反射するようにそれは弾かれた。続いてルノは「白雷」を放つ。

「それならこれは？」

「効くかっ‼」

白色の電撃が先ほどのように弾かれ、周囲に拡散して消失した。魔法をはね返すといっても、その方向までは操作できないようだった。

ダンテが自慢げに言う。

「言っておくが、こいつは初代勇者が作りだした聖遺物《せいいぶつ》だ‼　てめえのようなしょぼい魔術師に破れる代物じゃねえっ‼」

「勇者が作りだした？」

「おっと、口が軽いのは俺の悪い癖だな……しかし、期待したのにこの程度の魔法しか使えないとはよっ‼　これで終わらせてやるっ‼」

ダンテは、ルノにはもう扱える魔法がないと勝手に判断した。そうして再び盾を構え、突進を仕掛けようとする。

だが、正面に立つルノは逃げることなく魔法を発動させる。

「これならどう？」

手を前に出したルノが作ったのは、巨大な「氷塊」の壁だった。一辺が五メートルを超える氷の壁が、ダンテに向けて放たれる。

「だから効かないって……うおおおおっ!?」

受け止めようとしたダンテが、氷壁と壁に挟まれて押し潰されていく。

「な、なんだ、この魔法は!?」

「あ、やっぱり。魔法は弾けても、物体そのものはそうはいかないんですね」

「火球」と「白雷」は現象を引き起こす魔法だが、「氷塊」は氷という確かな質量がある物体を生みだす魔法だ。

ダンテの盾も、巨大な氷の前ではその効果を発揮しえないようだった。

ルノは冷たく告げる。

「もう邪魔しないでください。俺は大臣に会いに来ただけなんですから」

「ふ、ふざけんじゃねえっ!!　こんな程度の氷……ぶっ壊してやる!!」

ダンテは両手の盾をボクシングのグローブ代わりにして、氷壁を何度も殴りつける。

「『乱打《らんだ》』!!」

「「「おおっ!!」」」

目にも止まらぬ速さで盾を突きだすダンテ。兵士達は歓声を上げたが、氷壁が壊れる気配は一向になかった。

「ち、畜生!!　どうしてぶっ壊せねえっ!?」

「あの……気が済むまで殴っていいので、ここで休ませてもらいますね」

氷壁の向こう側で騒ぎ立てるダンテをよそに、ルノは「氷塊」の魔法で作りだした椅子に座ってリラックスしだした。

ルノのふざけた態度にダンテは我慢できず、氷壁に盾を何度も叩きつける。

「くそっ!!　くそくそくそっ!!　なんで壊れねえんだよっ!?」

「ダ、ダンテ将軍……」

「て、てめえらはさっさとそいつを捕まえろっ!!　ぶっ殺すぞっ!!」

「は、はあっ……分かりました」

ダンテの命令を受け、兵士達がルノに近づこうとする。だが、寸前でルノが顔を向けると、兵士達の身体は硬直してしまった。

「それ以上近づかないでください。手荒《てあら》な真似はしたくないんです」

「ひぃっ……!?」

「びびってんじゃねえっ!!　さっさと弓でも射ろっ!!　できないなら武器でも投げつけろっ!!」

ダンテはなりふり構わず、ルノを捕まえようと怒鳴りつける。

飛び道具を用意されると厄介だと考えたルノは、余計な指示を与える将軍のダンテを封じることにした。

「しょうがないな……大人しくしてくださいっ‼」

「な、なんだぁっ⁉」

すると、ダンテの前にあった氷壁が形を変える。

それはやがて、人型になっていった。

ダンテの前に現れたのは、サイクロプスの形をした氷の人形だった。氷の人形はルノの意思に従ってダンテを抱きしめる。

「名づけて、氷人形《アイスドール》」

「うぎゃあああっ⁉」

ダンテは暴れるが、氷人形の強力な膂力《りょりょく》によって完全に拘束された。その後、大人が子供を抱きかかえるようにして、ダンテは通路の端に運ばれていった。

なんとかダンテを無力化することができ、ルノが一息ついていると――通路に優男《やさおとこ》ふうの男性が現れる。

「まったく……なんの騒ぎですか、いったい」

「あ、ドリア将軍⁉」

「おおっ‼　ドリア様が来てくれた‼」

「おい、こらっ‼　なんでお前ら、俺が来たときよりも喜んでやがる⁉」

魔術師のローブを身に着けたその男性は、意外にもダンテと同世代らしい。ドリアはダンテよりも兵士からの信頼が厚く、彼の登場によって兵士達は活気を取り戻した。

氷人形に囚われているダンテが不機嫌そうに声を上げる。

「おい、ドリア‼　さっさと俺を助けやがれっ‼　このガキは俺が倒すっ‼」

「うるさい方ですね。人質ならば大人しくしていてくれませんか？」

「なんだとっ……」

ダンテよりも話が通じそうと考え、ルノはドリアと交渉してみることにした。

「あの、すみません……会話中のところ悪いんですけど、俺の話を聞いてくれますか？」

ドリアはルノのことをまじまじと観察すると、興味深そうに尋ねる。

「それは……退魔のローブ？　なるほど。城壁内に侵入するほどですし、相当な腕前の魔術師とお見受けしました。お名前を聞いてもよろしいですか？」

「あ、ルノです」

ルノが答えると、再びダンテが騒ぎだす。

「おい‼　そいつは奇怪《きかい》な魔法を使う‼　気をつけろっ‼」

「ふむ……確かに。あなたが捕まっている氷像も、この少年が生みだしたのですか？」

ドリアはそう言って氷人形に視線を向け、片眼鏡を取りだして右目に装着する。普通の眼鏡ではないのか、装着した瞬間レンズが輝いた。

するとドリアは驚いた表情を浮かべる。

「こ、これは……なんという魔力!? ありえないっ!!」

「あの……?」

「ば、馬鹿なっ!? これが人間の発する魔力なのか!?」

ルノが話しかけようとすると、ドリアはさらに怯えた表情で後ずさった。

ドリアが装備した片眼鏡は、魔力を目視できる特別な道具だった。それで氷人形とルノ本人の魔力を見て、ドリアはパニックに陥ったのだ。

そもそも氷人形が、ドリアの何倍もの魔力を放っていた。

それを見た時点で彼は混乱していたが、氷人形を生みだした本人のルノを見たとき——彼の視界は青色に覆われ、彼は正気を失いかけた。

始めは眼鏡が故障したと思ったが、彼の視界すべてを埋め尽くすほどの魔力をルノが発していると判明したのだ。

それは、ドリアの持つ魔力の数十倍、それ以上とも言えた。

ドリアは気を失いそうになったものの、なんとかその場に踏み留まった。そうして、彼は右手に嵌める指輪を突きだす。指輪には小さな魔石がつけられ、杖の代わりに触媒にして魔法を発現させることができた。

「そ、そんなはずがない……この国に私以上の魔術師がいるはずがない……」

ダンテが、ドリアのおかしな様子に気づいて声を上げる。

「お、おい⁉　何考えてるんだ‼　こんな所で魔法をぶっ放す気か⁉」

「ド、ドリア様⁉　落ち着いてくださいっ‼」

「うるさいっ‼　怪我をしたくなかったら下がってなさいっ‼」

止めようとする周囲を黙らせ、ドリアが魔法を発動させようとする。ルノも危険を察して彼を止めようとしたが、ドリアは魔法を放った。

「消えろっ‼　人間に化けた悪魔めっ‼　『フレイムアロー』‼」

「なっ……氷盾《ひょうたて》‼」

指輪から強力な赤い熱線を撃ったドリアに対し、ルノは盾の形をした「氷塊」を生みだす。

二メートルを超える氷の盾に熱線が衝突すると、一瞬にして水蒸気が吹き上がり、周囲を激しい熱気が包んだ。

「「うわあああっ⁉」」

「あちいいいいっ⁉」

兵士達が慌てて退散していくが、氷人形に拘束されたダンテは逃げられない。彼は足元に襲いかかった熱気に悲鳴を上げた。

ドリアは必死になっていたが、氷盾はわずかにしか溶けなかった。

「そ、そんな馬鹿なっ⁉　中級の砲撃魔法ですよ⁉」

「……いい加減にしてくださいっ‼」

「うわっ⁉」

ルノが氷盾をドリアに近づけると、ドリアは熱線を解除して地面に倒れた。

腰を抜かしたのか、涙目で氷盾に視線を向ける。そして、その表面に雫《しずく》すら垂れていないのを見て、呆然としていた。

氷人形に拘束されているダンテ、その隣で地面にへたり込むドリア——そんな二人の前に、一人の老人が現れる。

「まったく情けないのう。将軍ともあろう者が何をしておる」

「じ、爺っ⁉」

「ろ、老将軍⁉」

「おおっ‼　ギリョウ様‼　ギリョウ様が来てくれたぞっ‼」

歓喜の声を上げる兵士達。

老人のまとう服は袴《はかま》のようで、その出《い》で立《た》ちはまるで侍《さむらい》だった。さっきまでの二人とは違う、静かな威圧感がある。

老人が、ルノに敗北した将軍二人に目を向ける。

「ダンテ、その情けない格好はなんじゃ？　お主の馬鹿力で振り解くこともできんのか？」

「う、うるせえっ!!　できたらやってるよっ!!」

「ドリア、お主もなんじゃ、その顔は？　この小僧がお主をそこまで恐怖させたのか？」

「だ、だめです、老将軍……!!　この少年は危険です!!」

ギリョウは二人の返答に、ため息をつく。

「やれやれ……ずいぶんと痛めつけられたようじゃのう」

それから彼が腰に差す日本刀に手を触れると――周囲の雰囲気は一変する。

ギリョウの目つきが、獰猛な肉食獣のようなものへと変わる。

「ふむ……普通の子供にしか見えんが、確かにこれは凄まじいのう。隙があるようで隙がない……いや、やはり隙だらけなのかのう？　この儂でさえも実力を見極められん」

「えっと……なんの話ですか？」

状況が分からずルノが尋ねると、ギリョウはゆっくりと腰を落とした。

「悪いが、本気でいかせてもらうぞ。これ以上好き勝手されては困るからのう」

「待ってください!!　話を聞いて……!?」

ルノが「そもそも暴れるつもりはない」と伝えようとしたとき、ギリョウは刀の柄に手を伸ばして駆けだした。

ルノはとっさに後方に飛ぶ。

「危ないっ⁉」

「っ……⁉」

「ば、馬鹿なっ⁉　避けやがった⁉」

ギリョウが引き抜いた刀が空《くう》を斬った。

兵士達は、信じられないという表情を浮かべている。彼らの目には、ギリョウの姿が一瞬消え去ったように見えた。

ギリョウの異名は「抜刀《ばっとう》のギリョウ」。将軍の中で剣技が最も優れており、その攻撃速度は神速《しんそく》とされる。彼の攻撃を回避した者は、この三十年間に一人もいないとさえ言われていた。

それにもかかわらず、ルノはギリョウの攻撃をあっさりと避けていた。ルノは後ろに下がりつつ抗議する。

「危ないじゃないですかっ‼　いきなり何をするんですか？」

「わ、儂の攻撃をかわした……だと？」

ギリョウが戸惑っていると、ルノは抗議を続ける。

「ちょっと聞いてるんですか⁉　当たったら危ないじゃないですかっ‼」

ダンテとドリアも驚きの声を上げる。

「う、嘘だろ……爺の剣をかわすなんて……」

「ああ……我々は何を相手にしているんだ……まさか、彼は本当に勇者なのでは……⁉」

困惑する周囲をよそに、ルノはギリョウに近づいていく。

「ちょっと聞いてます⁉」

「ぬうっ……小癪《こしゃく》なっ‼」

ルノに対して、ギリョウは引き抜いた刀を鞘《さや》に戻し、居合《いあい》の構えで待ち受ける。

「あ、あの構えはっ⁉」

「爺っ⁉」

ダンテとドリアはそれを見て、ギリョウが本気になったことに気づく。ギリョウが呟くように口にする。

「受けてみよっ‼　我が秘剣《ひけん》っ……‼」

「……？」

ルノは足を止める。

構えから察するに、近づいた瞬間に攻撃を加える技なのかと考えたが……それにしてはずいぶんと無防備に感じられた。

「まさかギリョウ様が、居合の構えに入るとは……‼」

「あの、万物を斬り裂くという、ギリョウ様だけの最強の剣技……‼」

「まったく隙がない……まさに最強の剣士にだけ許された構えだ……‼」

「あ、説明ありがとうございます」

ルノは、解説してくれた周囲の兵士達に礼を言いつつ腕を組んだ。

近づかなければ危険はなさそうだが、このまま放置しても埒《らち》が明かない。ルノはふと思いついて、空中に指を伸ばす。

「念のために……これでよし」

「……どうした小僧？　それはなんの真似じゃ？」

「あ、スキルを設定しただけです」

ルノの行動を不審に思ったギリョウは、迎撃の構えのまま尋ねた。しかし、ルノの返答を聞いても意味が分からない。

困惑するギリョウをよそに、ステータス画面の操作を終わらせたルノはそのまま魔法を放った。

「『光球』!!」

「ぬおっ!?」

ルノは、強化スキル「浄化《じょうか》」を切っておいたのだ。それで「光球」を放ったため、シンプルだが、強力な閃光が周囲の者達の視界を奪った。

こうしてギリョウは為すすべなく、ルノに押さえつけられることになった。

「く、くそうっ……まさかこのような手段で儂の技を破るとは」

「すみませんけど、あなたは拘束させてもらいます。危険そうなので……『氷塊』!!」

「な、なんじゃっ!?」

ルノは「氷塊」の魔法で雪の結晶のような手錠を作りだし、ギリョウの両手両脚を拘束した。いくら武道の達人だろうと、こうなっては何もできない。ギリョウもほかの将軍と同様に、壁際に移動させられた。

ルノは兵士達に向かって言う。

「もういい加減にしてください!! 大臣さえ呼んでくれれば何もしないと、さっきから言ってるじゃないですか!!」

「な、何を今さら……ここまでしておいて!!」

「それは、あなた達が攻撃してきたからじゃないですかっ!!」

「うっ……し、しかし……」

ルノの言い分としては、危害を加えてきた人にしか魔法を使ってないし、暴れるつもりもない。大臣をこの場所まで連れてくれれば、誰も傷つけるつもりはなかった。

とはいえ三人の将軍が捕まったことで、兵士達は完全に怖気づいていた。

「デ、デキン大臣はまだなのか？ そもそもどうして大臣を呼びだそうとしているんだ？」

「お前、知らないのか？ 大臣があの少年を城から追いだしたんだよ」

「俺も見たぞ。王女様が止めなければ、着の身着のままで追いだそうとしていたからな」

「それならあの少年は、大臣に復讐するために来たのか？ くそ、どうして我々がこんな目に……!!」

兵士達は、大臣に対して文句を言ったり、噂話をしたりし始めていた。

ルノが城壁内に入ってからすでに数十分は経過した。大臣が姿を見せる気配がないため、自分で探そうと考え始めたとき——通路に新たな刺客が現れた。

「……これは、なんの騒ぎ？」

ダンテ、ギリョウが声を上げる。

「ヒ、ヒカゲか!!　早く俺達を助けろっ!!」

「ヒカゲ殿……」

ルノは現れた人物の声に、なぜか聞き覚えがあった。

「また誰か来た……あれ、でもこの声……？」

通路に現れたのは、忍者のような黒装束《くろしょうぞく》をまとった少女だった。

ヒカゲと呼ばれたその少女はルノの顔を見て、驚いたように目を見開く。しかし、すぐに目つきを鋭くさせると、口元を覆う布をつかんで顔をしっかりと隠した。

ルノはその行動を見つつ、彼女に尋ねる。

「もしかして……コトネ？」

「……人違いです」

「いや、コトネだよね。声も同じだし、背丈も違わないし、何より口調が一緒じゃないか」

「ヒ、ヒトチガイダヨー」

「無理やり口調と声音を変えてもバレバレだから‼」

ヒカゲは顔を両手で隠してそっぽを向く。

ルノが、ヒカゲことコトネがここにいる理由を尋ねようとすると、突然ダンテが騒ぎだした。

「おい、何やってんだヒカゲ⁉　さっさとそいつを捕まえろ‼」

「ダンテ？　何、その格好……ぷっ」

ヒカゲはダンテの姿を見て、笑いをこらえるように口を押さえる。

「てめぇえええっ‼　この状況で何笑ってやがるっ⁉」

「くっ……面目《めんぼく》ない」

憤《いきどお》りを見せるダンテに対し、ギリョウは申し訳なさそうに顔を逸らしていた。

ドリアは何も言わずに黙っている。ただ一人拘束されていないドリアは戦えないわけではないのだが、完全に戦意を失ったらしい。

ドリアが元気のない声で言う。

「ヒカゲさん……気をつけてください。その男は……いや、あの方はおそらく、世界最強の魔術師です」

「世界、最強？」

「冗談かと思われるかもしれませんがこれは事実です……彼は僕のはるか上に立つ魔術師です」

「……それはもう知ってる」

ドリアにそう答えると、ヒカゲはルノと向き合った。

そしてため息を吐きながら、腰に差している小太刀《こだち》を引き抜いて構える。

ルノはそれを見て、戦闘は避けられないと判断した。彼が手を構えようとしたとき、ヒカゲのほうが先に動いた。

「『擬態《ぎたい》』」

「えっ？」

直後、ヒカゲの身体が薄らぎ、完全に消えてしまった。

ルノは周囲を見回すが、ヒカゲの姿は見当たらない。

周囲の者達もルノ同様にヒカゲの姿を見失ったらしい。兵士達が困惑した声を上げる。

「き、消えたぞ!?　ヒカゲ様はどこに行ったんだ!?」

「馬鹿野郎!!　これがヒカゲ様の能力だ!!　あの方は完全に気配を絶つことで透明人間のように姿を消すことができるんだ!!」

「すごい!!　これならきっと勝てるぞっ!!」

兵士達の会話を聞いたルノは、ヒカゲの「擬態」能力に見当をつける。

(姿を隠すスキルか……なら、逆にそれを見破るスキルもあるのかな？)

彼は周囲を警戒しながら、この能力に対抗するため、ヒカゲことコトネと会話したことを思いだす。

「……私には遠くまで良く見える。『観察眼』と『遠視』のスキルを持っているから、ここからでも問題ない」

草原上空で氷車に乗ってサイクロプスを探していたとき、コトネはそう言っていた。また、スキルを覚えるには訓練が必要だとも聞かされていた。

ルノは、この場でステータス画面を確認してみることにした。

ステータス画面にSPという文言を見つける。これはスキルポイントの略で、使えば新しい能力を覚えられるらしい。なお、レベルが上昇するごとに増える。

さっそく彼はSPを使ってスキルを習得する。ルノの視界に、まだ習得していないスキルの一覧が表示された。

「あ、これか。えっと……こうすればいいのかな？」

虚空に向けて手を伸ばすルノを見て、ダンテとギリョウは首を傾げる。

「……何してんだあいつ？」

「分からんが……嫌な予感がするのう」

スキル一覧の中から「観察眼」を発見したルノは、SPを消費してそれを習得した。

観察眼――観察能力を極限にまで高める。隠蔽《おんみつ》系のスキルを無効化することも可能。

「……あ、見つけた」

「……っ⁉」

はっきり見えるわけではないが、「観察眼」を習得した瞬間、視界の端に半透明の状態で近づこうとするヒカゲの姿を捉えることができた。

ヒカゲはスキルを解除して姿を現す。

「……もしかして、見えてる？」

「見えてますよ」

「……降参したら許してくれる？」

「いいですよ」

「「ヒカゲ（さん）⁉」」

驚くダンテとドリアをよそに、ヒカゲは呆気なく武器を収めると、両手を広げてルノのもとに向かった。

あっさりと降伏した彼女に、ルノは「氷塊」の魔法で作った手錠をつけた。

「無念……相性が悪かった」

一応残念そうにするヒカゲ。

彼女に続いて、ギリョウ、ダンテ、ドリアが言う。

「ま、まさかヒカゲ殿まで倒されるとは……」

「畜生!!　誰かそいつを止められねえのか!?」

「無駄ですよ……我々以外にその方を止められる人間などいません」

「すみません。割とうるさいので静かにしてくれません？」

ルノはそう言うと、ついでにダンテとドリアも手錠で拘束しておいた。こうして全員を氷の手錠で拘束して、壁際まで移動させておく。

四人の将軍が敗れたことで、兵士達も戦意を失っていた。

「もうだめだぁっ……おしまいだぁっ……」

「まさか四天王が敗れるとは……」

「何が無能の初級魔術師だ!!　いったい誰がそんなでまかせを言ったんだ!!」

「畜生……こうなったら土下座だ!!　皆で謝って許してもらおう!!」

「ゆ、許してくれるかな？」

「分からん……だが、誠心誠意やれば気持ちも伝わるはず!!」

わらわらとしゃべりだす兵士達に向かって、ルノが告げる。

「あの、うるさいので黙ってくれませんか？」

「「申し訳ありません!!」」

兵士達はその場で大げさに五体投地《ごたいとうち》しだし、彼の機嫌を損ねないように押し黙った。そんな兵士達にルノはため息をつきつつ、大臣が来るのを信じて待つことにした。

すると、再び通路に足音が響き渡る。

「まったく、うるさいですね。なんの騒ぎですか？」

通路に現れたのは、白衣を羽織った金髪の女性だった。彼女が姿を現すのが珍しいのか、兵士達は驚いている。

「あ、あなたは⁉」

「リーリス様‼」

「また誰か来た……もういい加減にしてほしいな」

ルノがさすがに飽きていると、壁際に並んでもらったダンテ、ドリア、ギリョウ、ヒカゲが驚いて声を上げる。

「リーリスだと⁉　どうしてお前がここに……」

「研究室に引き籠《こも》っているあなたがこんな場所に来るなんて……」

「ちょうど良かった。すまんが儂の腰を治してくれんかのう？　この体勢がつらくて……」

「鼻がかゆい」

「最後の方は、私に掻けと言ってるんですか？」

リーリスと呼ばれた女性はヒカゲにそうツッコミを入れると、ルノの前に立った。そうして周囲を見回し、面倒くさそうにため息をつく。

「なるほど、そこの男の子君が侵入者なんですね。そして帝国四天王が敗れたと……まったく情けない。それでも帝国を守護する将軍なんですか？」

「面目ない……」

「う、うるせえっ!!　お前も四天王なら力を貸せっ!!」

謝るギリョウに続いて、ダンテがリーリスに向かって怒鳴りつけた。

すると、リーリスは飄々《ひょうひょう》と返答する。

「嫌ですよ、面倒くさい。私は回復特化の魔法使いなんです。戦闘なんてまっぴらごめんですよ～だっ」

「四天王？」

会話を聞いていたルノは、ここにいる将軍達が四天王だと知った。だが、人数を数えると五人いる。ルノはどうも納得できず、リーリスに尋ねる。

「四天王なのに、五人いるんですか？」

「あ、やっぱりそこが気になります？　まあ、よくある話じゃないですか。四天王なのに五人いるなんて。ほら、龍造寺《りゅうぞうじ》四天王とか……」

「ああ、なるほど……えっ？」

龍造寺四天王というのは、日本史に実在する四天王で「五人いるのに四天王」というネタでよく持ちだされる知識だった。なぜそれをリーリスが知っているのか、ルノが疑問に思っていると——

ダンテが会話に割り込んで大声を上げる。

「おい、リーリス!!　しゃべってないで早く俺達を解放しろ!!　お前ならできるんだろ!?」

リーリスはダンテに視線を向けると、ルノに向かって両手を差しだした。その行動に全員が首を傾げていたところ、リーリスが口を開く。

「降参しま～す。私一人じゃどうしようもありませんので」

「「「えぇえええええええっ!?」」」

ダンテが声を荒らげる。

「ふ、ふざけんじゃねえっ!!　もうお前以外に残っていないんだぞ!?　お前まで捕まったら……」

「いやいや……私以外の四天王を全員倒す人に、私なんかが勝てるはずないじゃないですか。どれだけただの治癒魔導士に期待してるんですか」

まったく戦う気のないリーリスに、ギリョウが言う。

「じゃが、お主は奇怪な魔道具を持っているではないか？　あれを使えば……」

「それこそ嫌ですよ。どうして私が作りだした貴重な道具を使わなければならないんですか？　特に、あの豚大臣のために使うなんて絶対に嫌ですね」

「確かに」

「……分かる」

「おい!!　お前らも同意するんじゃないっ!!」

リーリスに同調するドリアとヒカゲを、ダンテが叱りつける。

その後、ルノは差しだされていたリーリスの手を拘束した。彼女は反抗的ではないため、簡易の拘束に留めておく。

「『氷塊』」

「ほほうっ!!　面白い魔法の使い方をしますね。興味深いです」

「えっと……あっちのほうに並んでくれます？」

「分かりました」

「こ、この馬鹿野郎がっ!!」

従順すぎるリーリスを見て、ダンテが悪態《あくたい》をついた。ともかくこれで、王城の最大戦力が全員捕縛されたのだった。

×　×　×

王城の正門付近で起きていた一連の騒動を、デキンは王城最上階の通路の窓から双眼鏡で見ていた。

デキンはすでにルノのことを聞かされていた。

ルノがこの城に侵入した理由、そしてあろうことか、帝国四天王さえ凌駕《りょうが》する実力者に成長していることも知らされている。それは実際に見ていたのだが。

「ま、まずい……これは非常にまずいぞ……!!」

ルノは、召喚されたときよりもはるかに力をつけていた。それは、伝承通りの勇者に相応しい力を誇っているとも言えた。

デキンは恐怖に顔を歪める。

「ありえん!! しかしあの力は……まさか本当に初級魔術師の勇者など……!!」

「だ、大臣……どうされるのですか? 奴の目的はあなたですよ」

「うるさい!! 黙ってろっ!!」

呼びだしに訪れた兵士を、デキンは怒鳴りつける。

とはいえデキンは、実際この後どうすればいいか分からなかった。

このままでは、侵入者の件は皇帝の耳に入る。人の好すぎる皇帝は、ルノの話に耳を傾けるだろう。

デキンはルノを追いだした件で皇帝に不信感を抱かれている。さらに今回ルノが真実を話せば――非常にまずい立場に追い込まれるのは間違いない。

だからこそ、兵士達に秘密裏に始末するように命じていたのだが、彼の配下達は未だにルノの捜索に奔走《ほんそう》していた。

「くそっ……役立たずどもめっ!!　いったいどうすれば……」

「デキン様、ここはやはり奴の要望に応じて正門に向かうしか……」

「黙れ!!」

「ぐふっ!?」

説得しようとしてくる兵士に、デキンは蹴りを繰りだした。蹴り飛ばされた兵士は派手に床を転び、気絶してしまう。

デキンは舌打ちしながら、傍らの柱に向けて拳を叩きつけた。

柱が揺れて天井から埃《ほこり》が落ちてくる。

「くそっ!!　ここまで来たというのに、すべて台無しではないか!!　やはりあの小僧は早々に始末しておくべきだった」

デキンは双眼鏡から見えるルノの顔を見て、忌々《いまいま》しげに唇を噛みしめた。そして、恐るべき握力で双眼鏡を握り潰してしまった。

デキンの瞳はいつの間にか、血のような赤に変わっていた。

肌は緑色に変化し、顔は醜く変形し始めている。

肉体の異変に気づいたデキンは、慌てて周囲を見回し、懐《ふところ》に隠していた髑髏《どくろ》のペンダントを取りだす。

「いかん……薬の効果がもう切れた。ちっ、まだ残っていたか?」

髑髏の頭頂部を開き、中から宝石のように光り輝く物体を取りだす。それを呑み込むと、デキンの肉体の変異が収まっていった。

それまでの興奮も収まり、冷静になったデキンは事態をどうすべきか考える。

「いや、もうどうにもできんだろうな。くそ、苦労してここまで昇り詰めたというのに……!! これでは、儂の計画がすべて台無しではないか!! あの小僧めっ!!」

デキンはそう言うと、ペンダントを握りしめた。

大臣の地位にたどり着くまで二十年の歳月を費やした。皇帝の座まではあと少し——そう思っていた矢先に現れたのが、ルノだった。

「いや、まだ間に合う!! 奴を王城侵入を理由に殺してしまえばいいのだ!! 犯罪者を排除するのはおかしいことではない!! 奴はすでに人質を取っているのだ。殺したとしても問題ないだろう」

デキンは、ルノの命を絶てば己の野望を邪魔する者がいなくなるという結論にたどり着いた。

彼は、即座に王城の武器庫に向かう。帝国四天王を上回る実力者がいない以上、自ら動きだすしかないのだ。

しかし、久方ぶりに自分の本来の力を発揮できることに、むしろデキンは笑い声を上げた。

「所詮は子供……久しぶりに大暴れするかな」

デキンもかつては将軍だった。

先帝バルトスが皇帝だった時代、デキンは歴代将軍の中でもかなり優秀であった。他国にまで名を轟《とどろ》かせるほどの働きを見せていたのだ。

「ふははは っ!! 儂の真の力を見せてやろうではないか!!」

正門にて、圧倒的な力を見せつけたルノ。

それでもデキンは、自らの勝利を確信していた。彼は不気味な笑みを浮かべながら、王城の武器庫に保管している自分専用の装備の回収に向かうのだった。

×××

ルノが城壁内に侵入してから、三十分ほど経過した頃。

城門の出入り口には、大勢の兵士達が集まっていた。城の中に無理やり入ろうとするバルトスとアイラを引きとめているのだ。

「お、お待ちください先帝様!! 今は王城内は危険なのですっ!! 入れることはできません!!」

「ええいっ!! そこを退《ど》かんかっ!! 儂を誰だと思っておる!?」

「だめです!! この先には侵入者がいるのですっ!! すでに将軍達も人質に取られているのに、あなた様まで捕まったら……」

「だから、その侵入者に会わせてほしいと……」

「とにかくお二人は避難してください!! 侵入者の相手は我々にお任せをっ!!」

兵士達は、侵入したルノを危険人物と見なしていた。

すでに五人の将軍が敗れた。それだけでなく人質として捕まっている。

それは前代未聞の非常事態であり、この帝国の最重要人物である先帝と冒険者ギルドのギルドマスターを通すわけにはいかなかった。

皇帝の身に何か起きた場合、先帝以外にこの帝国を治めることはできる者はいない。そのため、彼らは意地でも先帝を守る必要があった。

「まったく、分からず屋どもめっ!! しょうがない……アイラよ、ここはギルドに戻るぞ」

「え？　しかし……」

「ここは儂に話を合わせろ」

バルトスの言葉にアイラは驚きつつ、何か考えがあると知って従う。

バルトスが兵士に告げる。

「良かろう。そこまで言うのなら、儂は冒険者ギルドに避難しよう。それで文句はないな？」

「え？　冒険者ギルド……ですか？」

兵士が疑問の声を上げると、バルトスはさらに続ける。

「まさか、お主らはこの儂を市街の屋敷や駐屯所に避難させるつもりか？　この辺で最も安全な建物は、冒険者ギルドで間違いなかろう。あそこならば、腕利きの冒険者がいるからのう」

そこへ、アイラも口を挟む。

「そ、その通りです。私のギルドに所属する冒険者なら、その侵入者とやらが現れたとしてもきっと対処できるでしょう」

「なるほど……確かに名案ですね」

帝国の兵士の平均レベルは15から25だが、冒険者ギルドの平均レベルは30から40。新人冒険者でさえレベルが20を超えていることは珍しくはない。

常に魔物と戦い続ける冒険者は、帝国兵士よりもレベルの高い者が多いのだ。

バルトスが芝居がかった口調で言う。

「儂とアイラはギルドに引き返す。当然、お主らも儂の護衛としてついて来るのだろうな？」

「もちろんです!!　お二人の警護は我々が行います!!」

「うむ、任せたぞ。ではついて来い」

大勢の兵士を引き連れたバルトスは冒険者ギルドに引き返し、アイラは彼の指示通りに付き従った。

二人は大勢の兵士達を引き連れ、城から離れるのだった。

×　×　×

ルノの目の前に、この国の将軍を務める五人の男女がいる。ルノは彼らを壁際に並べると、大臣の居場所を聞きだそうとしていた。

「こちょこちょこちょ～大臣はどこだ～？」

リーリス、ヒカゲ、ギリョウ、ドリア、ダンテがそれぞれ反応する。

「あははは っ!! ちょ、脇はやめてください、脇はっ……」

「やん……そこはだめ、弱いから……あんっ」

「くうっ……情けないのう。まさか我ら四天王全員がやられるとは……」

「しょうがありません。きっと我々が戦ったのは、人間という種を超越した存在なのです」

「くそがっ……!!」

ルノは動けない彼らの脇をくすぐって、大臣の居場所を聞きだそうとしていた。だが、あいにくと大臣の居場所は知らないらしく、誰も答えられなかった。

「ふうっ……この拷問《ごうもん》にも耐えるなんて、さすがは帝国の将軍、恐ろしい人達だ」

ルノがそう告げると、リーリスが呆れて言う。

「いや、そんな大層な拷問を受けた覚えないですけど」

「えっへん」

「なんでヒカゲさんは誇らしげなんですかっ」

ヒカゲとリーリスの脇腹をくすぐるのをやめると、ルノはため息をつく。

城門内に突入してから三十分近く経過している。だが、事態が一向に動かないことに、ルノはいらいらを募らせていた。

「あの、いつまでここで待てばいいんですか？　もうずいぶんと経っているのに……」

「も、申し訳ありません!!　城中の兵士を総動員して捜索しているのですが、大臣の姿を発見できず……」

「できるだけ早く見つけてください。もう暴れませんから」

「「「はっ!!」」」

「お前ら……帝国の兵士としての誇りはないのか？」

ルノの言葉に兵士達は敬礼をし、大臣の捜索を再開していった。その様子を見てダンテは呆れている。

ギリョウが身体を横たえたままルノに声をかける。

「ううっ……この体勢は年寄りには少々きついのう。お主、ルノと言ったか？　もう抵抗しないから、手錠だけでも外してくれんか？」

「あ、すみません。すぐに外しますね」

「外すんですか!?」

ルノがあまりにもあっさり承諾したので、リーリスがツッコミを入れる。ギリョウは両手と両脚を拘束されていたが、ルノはすべての枷《かせ》を消し去った。

「おお、両手だけではなく足まで……すまんのう」

「ほかの人も暴れないなら解除しますけど……どうします？」

ルノがそう提案すると、ダンテ、ドリア、リーリス、ヒカゲが驚いて声を上げる。

「マジかっ⁉」

「ほ、本当ですか？」

「あ、じゃあお願いします」

「待って……く、殺せっ（棒読み）」

「いや、なんで女騎士の定番の台詞を吐いてるんですかっ」

四天王を拘束していた「氷塊」の枷が解除され、全員自由になった。四天王は自分の手首と足首を確認している。

「ふうっ、やっと自由に動けるのう。年寄りにあの体勢はきつかったぞ」

「初級魔法にこのような使い方があるとは……けど、きっと私には真似できないでしょうね」

「……ふうっ、冷たかった」

「ちっ……くそ、こんなガキに情けをかけられるとはな」

「いや～、本当に面白い魔法の使い方ですね」

四天王達はルノに襲いかかることはなかった。さっそく彼らは、解放の条件として提示していた大臣の捜索を手伝うことを誓ってくれる。

「それなら、約束通りに大臣を連れてきてください」

ルノがそうお願いすると、ギリョウが答える。

「分かっておる。約束は守ろう……お主は悪い人間ではなさそうだからのう」

「老将軍、先にこの方のことを陛下に報告するべきでは？」

リーリスに言われ、ギリョウは頷く。

「そうじゃな。ならば儂が陛下に報告しておこう。お主達は彼の手伝いをしてやれ」

「……了解」

「分かりました」

「ちっ……」

ギリョウの指示にほかの将軍達も従った。ダンテも渋々ではあるが頷く。

ギリョウは腰を押さえて杖を突きながら、皇帝がいるはずの玉座の間に向かった。残された将軍達も行動を開始する。

ダンテ、ドリア、ヒカゲは大臣の捜索に行ったが、リーリスはルノのそばに控えることになった。

ルノは正門前の通路に座り、これまでのことを思い返していた。

今回は、大臣に文句を言うために王城を訪れただけ。それにもかかわらず帝国の将軍全員と戦い、勝利してしまった。

「……もしかして俺って強くなってるのかな？」

「強いに決まってるじゃないですか。帝国四天王を倒したんですから」

隣で聞いていたリーリスは呆れたが、ルノは自分の力に違和感を抱いていた。魔法の力はともかく、身体能力もおかしいと感じたのだ。

「あのお爺さん……ギリョウさんだっけ？　あの人のレベルは分かりますか？」

「老将軍ですか？　えっと、私の記憶が確かなら60レベルはいってますけど……」

「60……」

ギリョウはルノと同じレベルだった。

「ギリョウさんの職業は分かる？」

「侍ですよ。剣士系統でも珍しい職業です。私は見たことないですけど、侍の職業の人間は『居合』という特別な戦技が使えるらしいですよ」

「『居合』……最後に見せた技かな？」

その技は実際、ギリョウは最後に使ってきた。近づくのは危険と判断して「光球」で勝利したが、何の策もなければ危なかっただろう。

そうではあるものの――ルノは身体能力においてギリョウを圧倒していたように感じていた。

「リーリスさん、仮に同じレベルの剣士と魔術師なら、どっちの身体能力が高いんですか？」

「え？　そんなの剣士に決まっているじゃないですか。戦闘職の人間は身体能力、魔法職の人間は魔法関連の能力が高まりやすいんですから」

「なら、仮に60レベルの侍と初級魔術師の職業の人なら……」

「当然ですけど、侍の職業の人のほうが身体能力は上ですね。というか、魔術師は剣士や格闘家のように肉弾戦はしませんよ。実際に、30レベルの魔術師が10レベルにも満たない剣士に喧嘩を売って、返り討ちになった話もありますね」

「そう……なんですか？」

ルノはさらに頭を悩ませる。どうして自分は、戦闘職のギリョウに対抗できたのか。そういえば彼は、城に侵入する際に兵士を派手に投げ飛ばしていた。

ルノはちょっと怖くなり、自分の両手に目を向ける。

身体を鍛えたわけでもなく、魔法で身体能力を強化させたわけでもない。特別なスキルを覚えているわけでもなかった。

「これのおかげなのかな……」

ルノはステータス画面を開くと、表示されている「成長」という能力を見た。

説明文には「経験値を通常よりも高く獲得できる」としか表示されていない。よく分からないが、もしかしたら別の力が隠されているのかもしれない。

考えても答えは出ないのでいったん忘れ、ルノはリーリスに気になっていたことを尋ねることにした。

「あ、そうだリーリスさん」

「リーリスでいいですよ。同い年ぐらいでしょう？」

「じゃあ、リーリス……さっき気になったことがあるんだけど、どうして龍造寺四天王のことを……なんだっ⁉」

唐突に地面に、振動が走る。

地震かと思ったが、そういう感じではない。振動は一定で、徐々に大きくなっている。リーリスに視線を向けると、彼女も驚いているようだった。

「地震じゃないよね？」

「はい、これは違います……何かがこちらに近づいている？　もしかしたら……」

リーリスは王城の出入り口の方向に目を向ける。すると、ゆっくりと扉が開かれて、城外から巨大な物体が姿を現した。

最初にその物体を見たルノが思いついたのは――鎧武者だった。

彼の目の前に、大昔の日本の武士が装備していた鎧や兜などの装備品をまとったデキンが姿を現す。

「ふはははは‼　久しぶりだな、初級魔術師よ‼」

「デキン……大臣⁉」

リーリスが声を上げる。

「その格好は……まさかあの装備を引っ張りだしたんですか⁉」

「だ、大臣⁉」

大臣の格好を見たルノとリーリス、さらには通路に残っていた兵士達が驚きの声を上げる。

恐ろしい重量らしく、デキンが歩くたびに地面が窪《くぼ》み、軽い振動が走る。

ルノが唖然としていると、デキンは高笑いする。

「どうだ‼　この儂の姿は⁉　儂こそが帝国最強‼　帝国の宝‼　帝国の大黒柱‼　鬼武者デキンだ‼」

リーリスが頭を抱える。

「ああ……勇者のために作られた宝物まで引っ張りだすなんて、何を考えてるんですか、あの人……」

デキンは背中の大太刀に手を伸ばし、ゆっくりと鞘から刀を引き抜く。

刀身には「村正《むらまさ》」という名が刻まれていた。血のような赤い刃の刀で、不気味な美しさが感じられた。

「侵入者よ、命乞いをするなら今のうちだぞ？　もっとも、許すつもりはないがな‼　わははははっ‼」

ルノは小声でリーリスに話しかける。

「なんかテンション高くない？」

「あの鎧は装着者を興奮状態に陥らせるんですよ」

二人がごそごそ話しているのを見て、デキンが激怒する。

「何を話している!!　というか、リーリス!!　どうしてお前がそいつと一緒にいるのだ!?」

デキンは二人に向かって近づき、刀を構えた。

二メートルを超える刃を向けられ、ルノはとっさに手を構えるが、リーリスが彼を庇うように前に出る。

「あなたのほうこそ何をしてるんですか？　その鎧は、皇帝が許可しなければ装備してはいけない国宝ですよ？」

「黙れ!!　これは元々儂の物なのだ!!　この帝国を守るため、幾度儂がこれを着込んだと思っている!!」

「話が通じない人ですね……そんなことよりも、ルノさんがあなたに言いたいことがあるそうですよ。話ぐらい聞いてあげたらどうですか？」

「ほう？」

デキンは興味深そうにルノに視線を向ける。

ルノは「大臣に文句を言う」という当初の目的を遂げるため、デキンと対峙した。

「あなたが、俺を捕まえようとしていると聞いています。それどころか、あなたの部下と思われる兵士が俺を殺そうとしてきました」

「ふんっ……」

「すべて、あなたが仕組んだと聞いています。本当ですか？」

「知らんなっ!!　何か証拠があるのか？」

デキンは動揺する素振りさえ見せず、白を切り通した。

そこでルノは、確かな証言を突きつける。

「それとこれは別件ですが……ある質屋に、ヴァンパイアが入りました。偶然にもその場にいた俺がヴァンパイアを捕まえたんですけど、そのヴァンパイアから話を聞くと、あなたに依頼を受けて質屋に流れた珍しい魔道具を盗むように指示されたと言っていました」

「っ……!?」

先ほどまでとは打って変わって、デキンが焦りを見せた。

「すでにこのヴァンパイアは拘束しています。この話が本当ならあなたは犯罪者ですね」

ルノがそう責めると、リーリスやほかの兵士達が声を上げる。

「マジっすか？　それが本当ならとんでもないスキャンダルですね」

「お、おい……聞いたか、今の？」

「まさか大臣がそんなことを……」

「そういえば俺、大臣が数日前に城下町に出かけるところを見たような……」

ざわつく兵士達を黙らせるように、デキンが大声を出す。

「で、でたらめ抜かすなっ!!　そんな女など儂は知らんっ!!」

デキンのその言葉が、命取りとなった。

ルノが淡々と告げる。

「女？　どうしてそのヴァンパイアが女だと知ってるんですか？　俺はヴァンパイアとしか言ってませんけど……ヴァンパイアは基本的には男性を示すんですよね？」

「なっ……!?」

「「「あっ!?」」」

失言したデキンに、周囲の兵士達が唖然として声を上げる。

リーリスも呆れ果てていた。

「あ～あっ……こんな簡単な子供だましに引っかかるなんて、やっぱりその鎧を着ていると、正常な判断ができなくなるみたいですね」

「し、知らん!!　儂はそんなサキュバスなど知らんぞっ!!」

「ここまで来て、とぼけるつもりですかっ!?　それに今、サキュバスと言いましたよね。いくらなんでもそれは無理がありますよ……」

ルノがそう言うと、デキンはリーリスに顔を向けた。

「だ、黙れ!!　そういう貴様はどうしてここにいる!?　まさか、お前がこの男を城に招き入れたのかっ!!　裏切り者はこいつだっ!!」

「うわぁっ……今度は私に矛先を向けてきましたよ」

デキンは周囲の兵士達に向かってそう訴えたが、誰も聞く耳を持たなかった。

すでに彼らは、デキンに疑いの目を向けていた。

「おい、今のはどう考えても……」

「しかし、どうして大臣がサキュバスなどと……」

「そういえば最近、珍しい魔道具を扱う質屋の店主がいるという噂を聞いたことがあるぞ。確かドルトンという名前の……」

兵士達を黙らせるべく、デキンは怒鳴りつける。

「ええい!!　貴様らも惑わされるなっ!!　こいつは侵入者だぞっ!?　早く捕まえろっ!!」

「それができればそうしているのですが……」

デキンの命令を受け、兵士達は一応ルノのほうに視線を向ける。

しかし、ルノが手を構えるのを見て、彼らは全力で首を横に振った。四天王でさえ勝てない相手を、一般の兵士がどうにかできるはずがないのだ。

デキンはさらに怒鳴り散らす。

「この役立たずどもがっ!!　もういい、この儂の手でこいつを始末しよう!!」

そこへ、リーリスが告げる。

「だけど、この方は皇帝陛下が手厚く保護するようにと命令を出されているんですよ。その言葉は陛下の言葉に逆らうということですか？」

「え？　そうなの？」

皇帝がそんな命令を与えていたとは予想外で、ルノはびっくりしてしまう。

皇帝の名を出され、デキンはとっさには言い返せない。

「ぐっ……た、確かに陛下がこの男の保護を命じたのは事実だ。だがそれはこいつが城に侵入する前の話だろう⁉　犯罪者をわざわざ保護する必要などない‼　危険人物をこの城内に入れることはできん‼」

「それなら捕まえるだけでいいじゃないですか？　別に命まで取る必要は……」

「ここまでの犯罪者を生かしておけるか‼　貴様も帝国の将軍ならば儂に従えっ‼」

「お断りします。あなたより、こっちの人のほうが怖いですから」

「な、なんだとっ⁉」

リーリスの裏切りに、デキンは唖然としていた。

さらにリーリスは告げる。

「私はルノさんに味方します。それに、状況的に見てあなたのほうがよっぽど怪しいと思いますよ？　今から私が皇帝陛下に報告に向かえばどうなるんでしょうかね～」

「き、貴様‼」

リーリスに近づこうとしたデキンの前に、ルノが立つ。

ルノは壁際に待機させていた氷人形を引き寄せる。サイクロプスの形をしたその人形が、デキンを背後から拘束した。

「ぬおっ⁉　な、なんだこいつは⁉　サ、サイクロプス⁉」

氷人形に羽交い締めにされるデキンに、リーリスが笑いかける。

「あ、それはルノさんの魔法ですよ。面白いですよね！　それも『氷塊』の初級魔法で作りだされたそうなんですよ」

「ば、馬鹿なっ⁉　くそ、離せっ‼」

後方から氷人形に押さえ込まれたデキンは、力ずくで引き剥がそうとした。だが、氷人形はびくともしない。

デキンは、完全に身動きが取れなくなった。

リーリスがデキンに言う。

「もう降参してください。悪いことをしていないのなら、今から皇帝陛下の所に行きましょうよ」

「ふ、ふざけるなっ‼　この儂が貴様のような小僧にぃっ‼」

氷人形に拘束された状態でデキンは喚き散らすが、そんな情けない姿に周囲の兵士達は落胆し、デキンの配下の兵士さえも諦めたように告げる。

「大臣……もう観念しましょうよ」

「申し訳ありませんが、我々はもう今のあなたには従えません……」

「ふ、ふざけるなっ‼　この程度の人形に儂がぁああっ‼」

なおも抗うデキンに、リーリスが憐れむように言う。

「無理ですよ。その人形は力自慢のダンテさんでさえも振り解けなかったんですから……」

「ダンテだと⁉　あいつと儂を一緒にするなっ‼」

デキンは怒りで顔を赤くし、渾身《こんしん》の力を込めて拘束から逃れようとする。

すると驚くべきことに、その執念が力を増大化させたのか、氷人形の拘束からデキンは徐々に引き抜かれていった。

「ぬおおおおおおっ‼」

「嘘っ⁉」

デキンは唸り声を上げ、氷人形から逃れようとさらに力を込めた。

ルノが驚いていると、リーリスが指摘する。

「これは……まずいです‼　この人、鎧の力を使って身体能力を限界以上に上昇させています‼」

「それなら……これはどうですか？」

「ぬおっ⁉」

ルノは「氷塊」の魔法を発動し、デキンの両手と両脚を氷の枷で押さえる。さらに氷人形を操作してデキンの胴体に抱き着いたが――

直後、デキンの鎧に異変が起きる。

「ぬんっ‼」

「あつっ⁉」

「発熱してる⁉」

鎧と兜が赤く変色し、氷人形と氷の枷から水蒸気が上がった。鎧に高熱を帯びさせ、氷を溶かしたようだ。

慌ててルノは攻撃を繰りだす。

「『風圧』‼」

「ぐおおっ⁉」

強化スキル「暴風」を発動させたうえで、「風圧」を放った。

これほどの強風であれば鎧武者の巨体といえど吹き飛ばされるはずだが、デキンは地面に踏み留まっていた。

石畳製の道に四つん這いになり、デキンは張りついている。

「ぐぐぐっ……‼」

「耐えたっ……⁉」

ゆっくりと起き上がるデキンを見て、ルノはたじろいでしまう。

「これは……ちょっとやばいかもしれない」

デキンは笑みを浮かべ、ルノとリーリスに近づいていく。

「くっくっくっ……その程度かっ⁉　ならば次は儂の番だなっ‼」

デキンは大太刀を構え、赤い刃を光り輝かせながら斬りかかる。

「うわっ!?」

「わわっ!?」

とっさにルノは後方に回避し、リーリスも慌ててその場を離れた。

「ふはははは っ!! どうしたどうした!!」

デキンはルノに狙いを絞り、縦横無尽に大太刀を振りまくった。ルノはぎりぎりのところで上手く回避していく。

「よっ、ほっ、はっ……」

「はっはっはっはっ!! 反撃はせんのかっ!?」

「とうっ、ふんぬっ、よっと」

「い、いつまで回避している!?」

ルノの避け方は素人同然だったが、素晴らしいまでの反射神経と動体視力で、迫りくる刃をかわし続けた。そして、隙を見て反撃に転じる。

「『白雷』!!」

「ぬあっ!?」

デキンの右腕に白色の電撃を放ったが、「白雷」は効いていないようだった。電流は鎧の表面に触れた瞬間に拡散してしまう。

ダンテの盾のように魔法をはね返すのか――とルノは考えたが、鎧は電撃をはね返すといより、無効化しているように見えた。

デキンが自慢げに言う。

「無駄だっ!! この鎧は魔法耐性が非常に高いヒヒイロカネとアダマンタイトの合金から構成されているのだ!! 貴様のような初級魔術師に破られる鎧ではない!!」

「なるほど……説明ありがとうございます」

ルノは、あの鎧に魔法は相性が悪いと判断した。

せめて、ダンテのときのように「氷塊」の魔法で対処するべきか考えたが――先ほどそれは失敗している。

得意の魔法で抗えず窮地に立たされたルノだったが、ふと思いついた。

ルノはデキンに背を見せて走りだす。

「待てっ!! 逃げるつもりかっ!!」

「このまま皇帝陛下の所に向かえば、どうなるんですかね!?」

「なっ!? き、貴様ぁっ!!」

デキンは慌ててルノのあとを追い、ほかの兵士達とリーリスも追いかける。

もちろん、ルノは皇帝がいる場所など知っているはずがなく、あくまでもデキンを引き寄せるための芝居だった。

ルノは、裏庭の花壇までやって来た。

「よし……城の人には迷惑をかけるけど、ここなら大丈夫かな」

花壇を荒らすことに罪悪感を覚えながらも、ルノは地面に手を押し当て、それが柔らかい土であることを確認する。

ルノは顔を上げて、大太刀を構えながら近寄ってくるデキンに視線を向けた。

デキンは、諦めたかのように跪《ひざまず》くルノを見て笑みを浮かべた。そして、ゆっくりと花壇を踏みつけながら太刀を振り上げる。

「潔《いさぎよ》く観念したかっ‼　ならば死ねっ‼」

「いえ……足元注意っ‼」

「はっ⁉」

デキンはルノの言葉に一瞬呆気に取られていた。

ルノは「土塊《どかい》」の魔法を発動させ、デキンの足元の地面を陥没させる。

デキンは落とし穴に嵌まったように、地面に呑み込まれていった。鎧の重量が仇《あだ》となり、一気に首から下の部分が沈んでしまった。

「ぬあああああああっ⁉」

「ふうっ……危なかった」

遅れてやって来たリーリスが、デキンを見て言う。

「うわっ……生首みたいですね」

「「ぶふっ!!」」

実際、デキンは首だけ地面から出した状態で身動きが取れずにいた。兵士達はリーリスの言葉を聞いて、耐えきれずに噴きだしてしまうのだった。

×　×　×

一方その頃、バルトスとアイラは、ギルド長室に戻っていた。

王城から連れだした兵士達は、ギルドの建物には入れていない。

兵士達は護衛のためと思い込まされていたが、実際そうではない。城に入る邪魔をする彼らを遠ざけるための処置だったのだ。

ギルド長室には、万が一のために建物外への通路が隠されている。

アイラが机の仕掛けを発動させた瞬間——床板の一部が浮き上がって外に通じる階段が現れた。

バルトスは少年心をくすぐられ、面白そうに眺める。

「ほう、噂には聞いていたが、本当に隠し通路があるとはのう」

「隠しているわけではなかったのですが……どうぞお通りください」

「うむ、お主も護衛は任せたぞ」

「……頑張る」

バルトスとアイラは、城から迎えに来てくれたヒカゲと合流していた。

彼女はルノに解放されたあと、デキン捜索の途中で城の出入り口の騒ぎを知り、二人を誘導すべく動いていたのだ。

アイラがヒカゲに礼を言う。

「すまないな、コトネ。仕事の途中なのに呼びだしてしまって……」

「……気にしないでいい。それと、今の私は仕事中だからヒカゲ……あ、もう服を着替えてるからコトネだった……なんだか自分でも分からなくなってきたから、好きに呼べばいい」

「そ、そうか……まぎらわしいから呼びやすい名前で呼ばせてもらうよ、コトネ」

「ところでお主は、ルノ殿とは浅い関係ではないのだな？」

「友達……だと思う」

ヒカゲ改め、コトネの返答には微妙な間があった。

それは、ルノとは出会ったばかりで、本当に友達なのか不安だからだった。

しかし、コトネがルノに好感を抱いているのは確かだった。だからこそ、彼女はルノを助けるために二人をここまで迎えにきたのだ。

アイラが二人に告げる。

「この通路は隣の建物につながっていますが、こちらの建物も冒険者ギルドが買い取っているので気にしないでください。もっと時間があれば、ほかの冒険者も呼びだせたのですが……」

「火竜の調査に派遣しているのだろう？　仕方あるまい」

現在、冒険者ギルドには階級が低い冒険者しかいなかった。

腕利きの冒険者は、帝都近辺で目撃された火竜の調査に出向いているのだ。竜種は、魔物の生態系の頂点に君臨するため、優秀な者ほど派遣されていた。

護衛はコトネしかいないが、アイラは引退した身とはいえ、元々は腕利きの冒険者である。バルトスも先々代の皇帝の時代では、王子でありながら将軍顔負けの武功を立てるほどの実力者だった。

ちなみに、ドルトンもルノのもとへ行きたいと言っていたのだが、無理はさせられないので残ってもらうことにした。

バルトスが隠し通路に足を踏み入れつつ言う。

「さあ、早く行こうではないか」

「……行く前に聞きたいことがある。ルノは何者？」

コトネに質問され、バルトスは頬を掻いた。

「それは……答えにくいのう。儂も彼のことは今日知ったばかりじゃからな」

ルノのことはよく知らないが、それでも腕利きの魔術師であり、さらに困っている人を見捨てられない善良な人物であることは把握していた。とはいえそれだけで、ルノを助けるには十分な理由だった。

アイラがバルトスよりも前を行く。

「私が先を行きます。コトネは後方を頼むぞ」

「了解」

「すまんのう……大臣め、今回の件、さすがに言い逃れはできんぞ」

デキンがルノの命を狙ったこと、さらにはドルトンの質屋にサキュバスを送り込んだという証拠は、バルトスもすでにつかんでいた。

バルトスは城に戻りしだいデキンを拘束し、彼の悪事を暴くつもりだった。不甲斐ない弟の代わりに、自分がデキンを裁くしかない。

「まったく……弟は何をしておる。儂がいない間に次々と問題を起こしおって……」

バルトスがそう呟くと、アイラが弁護するように言う。

「その……皇帝陛下はお優しい方ではありますが、人の悪意を見抜くのは苦手なようでして……」

「優しいだけでは皇帝は務まらん。やはり、引退するのは早すぎたかのう」

皇帝を譲ってから、すでに数年が経つ。

それにもかかわらず不甲斐ない弟に、バルトスは情けなさを感じるのだった。

×××

「き、貴様らぁあああっ!!」

「あ、あんまり動くと、もっと沈みますよ」

「うるさいっ!!　必ず殺してやるっ!!」

冷静さを失ったデキンは暴れて、地面から抜けだそうとする。だが鎧が重すぎるため、あがけばあがくほど逆に呑み込まれていった。

ルノが困惑していると、柱の陰に隠れていたリーリスが声をかける。

「ルノさん!!　今のうちに地面を凍結させたらどうですか？　そうすれば動けなくさせられますよ!!」

「あ、なるほど……じゃあ、すみません」

「ま、待てっ!!　何をする気だっ!?」

ルノが地面を凍りつかせようとしていると知り、デキンは焦ったように暴れる。それでたまたま地面に埋まっていた村正を見つけ、地中から突きだした。

「このぉっ!!」

「うわっ!?」

村正をルノが回避すると、その隙にデキンは右腕を引き抜いて、地面から抜けることに成功する。

全身が土で汚れてしまったものの、特に怪我を負ったわけではなかった。

デキンは身体にまとわりついた泥を払うと、ルノと向かい合う。

「このガキがっ……今度こそ殺してやる」

「それは勘弁してください。『土塊』!!」

「ぬおおっ!?」

ようやく地面から抜けでたデキンだったが、ルノが即座に「土塊」の魔法を発動する。

デキンは再び沈められそうになった。

だが、二度も同じ手はくらわなかった。危険を察してその場を離れると、慌てて石畳製の通路まで移動する。

デキンはルノに向かって声を荒らげる。

「く、くそっ!! 卑怯な真似をしおって……正々堂々と戦えっ!!」

「正々堂々って、生身の人間相手に武装して襲ってくる人に言われたくないです」

「だ、黙れっ!! 貴様はこの儂の手で殺してやるっ!!」

ルノとデキンが言い合っていると、身内の兵士が口を挟む。

「大臣、もう諦めたらどうですか？　これ以上は恥を晒すだけですよ」

「うるさいっ!!　貴様らも早く奴を捕まえろっ!!」

「「「………」」」

デキンに命令されたものの、彼らは困惑して顔を見合わせた。

これまでの大臣の言動から、デキンが犯罪を起こしているのは間違いなかった。そのため、ルノを捕まえるのが正しいことなのか、彼らは分からなくなっていた。

「何をしている!! 儂の命令が聞けんのかっ!! 貴様らまで逆らう気かっ⁉」

「し、しかし……異世界人は丁重に保護するようにと、皇帝陛下が……」

「それがどうしたっ!! 陛下はこの小僧の危険性を知らなかったから、そのような命令を下したのだ!! この小僧が城に侵入した時点ですでに犯罪者だっ!! ならば殺しても構わんっ!!」

兵士は不安になり、相談を始める。

「……ど、どうする?」

「どうすると言われても……」

普段の兵士達ならば、大臣の命令に逆らえなかっただろう。

だが、四天王を一蹴したルノの実力を思い知らされ、さらに大臣は怪しい行動を取っている。兵士達には、本当に彼に従うべきなのかどうか、疑念が生じていた。

そんな彼らに向かって、憤慨したデキンは刀を振り上げる。

「貴様らも儂に逆らう気かっ!! この反逆者めっ!!」

「ひぃっ⁉」

「危ないっ!!」

デキンが刀を振り下ろす前にルノが駆けだす。

兵士が斬りつけられる前に、「氷塊」の応用である螺旋氷弾《らせんひょうだん》を放った。通常の「氷塊」では鎧に触れただけで溶かされてしまうが、高速回転させた氷の砲弾ならその限りではない。

氷弾が横腹に命中し、デキンは吹き飛ばされていった。

「ぐおおっ!?」

兵士は何が起きたのか分からず、ただ呆然としている。

「えっ!?」

「あ、やりすぎた……」

「派手に吹っ飛びましたね」

リーリスが嬉しそうに拍手するなか、ルノは兵士に声をかける。

「ふうっ……大丈夫ですか？」

「あ、ありがとうございます!!」

地面にへたり込む兵士のもとに、仲間が駆けつけてくる。

「おい、大丈夫か、お前!?」

「今……間違いなく斬ろうとしたよな、大臣」

命令を聞かなかったというだけで、デキンは部下である兵士を殺そうとした。彼らは敵意を込めた視線をデキンに向ける。

デキンは身体を震わせながら、起き上がろうとしていた。

「く、くそっ……また奇怪な魔法を……!?」

武器を構えた兵士達が、デキンを取り囲んだ。

「いい加減にしてくださいっ!!　今、自分が何をしようとしていたのか、分かっているんですかっ!?」

「なんだと……!?」

兵士達は口々にデキンを責め立てる。

「大臣……申し訳ありませんが、我々はあなたには従えません!!」

「一般人の殺人未遂容疑で、あなたを拘束させてもらいます!!」

「き、貴様ら……!?」

ついに自分の味方を全員失ったデキンは、戸惑いの表情を浮かべた。リーリスはそんな光景を見てにやにやしていた。

「あ～あっ……ついに兵士にまで裏切られましたか」

ルノが追い打ちをかけるように、デキンに手を向けたところで——突然リーリスが駆けつけ、ルノの言おうとしていたことを言い放つ。

「さあ、さっさと降参してください、大臣!!　あなたの悪事もここまでです!!」

「え、それは俺の台詞じゃ……」

「き、貴様っ!!」

デキンは、周囲を取り囲む兵士達を睨みつける。全員がすでにデキンに愛想を尽かし、武器を突きつけていた。

デキンが声を荒らげる。

「もういいっ!! 貴様ら全員、ここで皆殺しにしてくれようっ!!」

「兵士の皆さん、下がってくださいっ!! 『氷塊』っ!!」

「「ぬおっ!?」」

ルノの言葉に、兵士達が引き下がる。

ルノは両手を構えて無数の氷の鎖を生みだす。氷は複数の鎖となって、鞭《むち》のようにデキンの肉体に絡みつき、彼をしっかり拘束した。

リーリスは感心したように頷き、ルノの魔法の美しさに感動していた。

「ほほう、氷の魔法で鎖を生みだすとは……これはすごいですね」

「ちぃっ!! こんなものっ……!! ぐぬぬっ……!!」

デキンは絡みついた氷の鎖を引き剥がそうとした。

だが、全身にきつく絡みついた氷の鎖は破壊することができない。そこで、デキンは先ほどのように鎧を発熱させて溶かそうとする。

再び鎧と兜が熱を帯び始め、全身を拘束する「氷塊」の鎖から水蒸気が上がる。

「この程度の氷などっ……儂に効かんと何度言えばっ……!?」

デキンが悪い笑みを浮かべてそう言うと、ルノはそれを遮って告げる。

「いいえ、その氷はさっきとは違いますよ」

「な、なんだと……!?」

突如、冷たい風が吹きつけ、兵士達は身体を震わせる。

「うっ……さ、寒いっ……!!」

「な、何が起きてるんだっ……!?」

高熱を帯びる鎧にまとわりつく氷の鎖から冷気が溢れ、鎧を凍りつかせていた。

ルノは「氷塊」の熟練度を極めたとき、「絶対零度」という強化スキルを習得している。あまりに強力なため普段は使っていないが、今回それを使用したのだ。

デキンは鎖を振り解こうとするが、鎧を発熱させようにもそれを上回る勢いで凍りついていき、まともに動くことすらできない。

「な、なんだこれは!?　どうして儂の身体が……!?」

ルノは、混乱するデキンに向けて告げる。

「初級魔法……馬鹿にしないほうが良いですよ!!」

「うおおっ!?」

ルノが勢いよく氷の鎖を引き寄せると、デキンの巨体が地面に倒れた。その隙を逃さず、兵士達はデキンのもとに駆けつけ、槍を突きつけた。

「大臣、これまでです!!　投降してください!!」

「もう、これ以上はおやめくださいっ!!」

地面に倒れたときに手放してしまった村正にデキンは視線を向けるが、とっさにリーリスが動いて刀を踏みつける。

「く、くそぉっ……!!　初級魔術師ごときにぃっ!!」

「おっと、危ないっ」

デキンは悔しげにリーリスを睨みつけたが、もはや彼は何もできなかった。ルノはデキンに向かって言う。

「いい加減に観念しましょうよ。もう、あなたは何もできませんよ?」

「黙れっ!!　儂はいずれ皇帝となる男だ!!　貴様ら全員処刑してやるぅっ!!」

デキンは怒鳴り散らした。

ルノはデキンのあまりのしつこさにため息をつき、兵士達に代わって彼の拘束に動こうとしたとき――通路に老人の声が響き渡った。

「――静まれっ!!　これはなんの騒ぎだっ!!」

決して大きな声ではなかったが、不思議と周囲に響き渡った。

その場にいた全員が、声のしたほうに顔を向ける。そこには、リーリスとヒカゲを除いた四天王を引き連れた、バルトロ人皇帝の姿があった。

彼の姿を見た瞬間、兵士達が慌ててその場に跪《ひざまず》く。

「こ、皇帝陛下……!?」

「デキンよ……これは何事だ？」

皇帝が現れた瞬間、地面に押さえつけられていたデキンは顔を青くし、慌てて頭を下げようとした。だが、ルノの魔法で凍りついた鎧は微動だにせず、跪《ひざまず》くこともできない。

皇帝はそんな彼に憐れみの視線を投げ、そしてルノに視線を向ける。

「……このたびの件、誠に申し訳ない」

「えっ……？」

「こ、皇帝陛下!?」

皇帝はルノに頭を下げて謝罪した。

その光景に驚愕の声が上がる。一国の王がルノのような少年に頭を下げるなど前代未聞だった。

さらに彼は兵士達に命令を下す。

「何をしておる!!　お前達も頭を下げるのだっ!!」

「へ、陛下……!?」

「余の命令が聞けぬというのかっ!!」

「……も、申し訳ありませんっ!!」

「えっ」

デキンを除く全員が、ルノに向けて跪《ひざまず》いていた。ルノはどうしていいか分からず戸惑ったまま、皇帝に視線を向ける。

デキンが身体を横たえたまま絶叫する。

「へ、陛下!! おやめくださいっ!! このような小僧に頭を下げるなど……!!」

「黙れっ!! この期《ご》に及んで貴様はまだそんなことを……この痴《し》れ者を捕まえろっ!!」

「はっ!!」

皇帝の命令で四天王全員が動きだし、デキンを拘束する。

完全に凍りついて動けないデキンは、睨みつけることしかできなかった。ルノは両手で握りしめていた氷の鎖を手放す。

皇帝がルノに告げる。

「ルノ殿……申し訳ない。あなたにはいろいろと迷惑をかけたようだ」

「あ、いえ……」

再び頭を下げてきた皇帝にルノが戸惑っていると、皇帝の後方からどこか聞き覚えのある老人の声が響き渡る。

「どうやら儂の出番はなかったようじゃのう」

「え？」

視線を向けると、そこにはバルトスの姿があった。彼の後ろには、アイラとコトネがいる。

三人の姿にルノが驚いていると、バルトスが説明する。

「お主が城内に押し入った話を聞き、儂が止めるつもりだったのじゃが、頭の固い兵士につかまって城内に入れてもらえなくてな。仕方がないので、この二人に協力してもらって進入したわけじゃ」

アイラ、コトネが補足するように言う。

「まさか、荷物に紛れ込んで城に入ることになるとはね……」

「……木箱は万能」

三人は、食料品の荷物に紛れて城内に入ったという。

普通、荷物の点検は厳しく行われるのだが、この騒動のせいでチェックが杜撰《ずさん》になっており、上手く玉座の間まで潜入できたらしい。

皇帝がバルトスに向かって言う。

「まさか、兄上がルノ殿と知り合いとは思いもしませんでした」

「弟よ、いや……皇帝よ。今度からはしっかりと自分の配下の選定をするのじゃ。こんな男に大臣の地位を与えたことが、そもそもの間違いだったのだろう」

バルトスは続いて、デキンに視線を向ける。

「いくら功績を上げたとしても、ただの老害に成り下がってしまったようじゃな……昔はまともな奴だと思っていたがのう」

「ぐぅうっ……!!」

バルトスの言葉にデキンは顔を伏せ、咽《むせ》び泣くような声を漏らす。

皇帝はため息を吐きだし、ルノにもう一度頭を下げる。

「兄上からすべて聞かせてもらった。ルノ殿には本当に申し訳ないことをした……どうか許してほしい」

「そんな……何度もやめてください。皇帝陛下が悪いわけじゃないのに」

「いや、部下の不始末は余の責任……この男の処罰は必ずする」

「儂からも謝るぞ、ルノ殿。まさかデキンがここまでのことを仕出かすとは……」

皇帝に続いて先帝のバルトスからも頭を下げられ、ルノは困ってしまった。そこへ、コトネが少し恥ずかしそうに言う。

「……無事で良かった」

「あ、ありがとう……コトネが二人を呼んでくれたんだね」

「違う、今はヒカゲ……もう、面倒になってきたからどっちでもいい」

コトネはルノに向かって親指を立てた。

ルノはふと思いだしたように、皇帝に尋ねる。

「あの……ずっと気になっていたんですけど、ほかの人達はどうしたんですか？　俺と一緒に召喚された皆は……」

「う、うむ……そのことなんだが……」

皇帝が答えにくそうにして、微妙な表情を浮かべたとき――


「くっくっくっ……!!」


今まで黙っていたデキンが、笑い声を上げた。

この状況で、どうして彼がそのような声を出すのか。疑問に思ったルノが視線を向けると、凍りついていたはずのデキンの鎧が溶け始めていた。

「油断したなっ!!」

「しまった……!?」

「ぬうっ!!　まだ抵抗する気かっ!?」

デキンを拘束していた氷の鎖は、ルノが手を放したことで消失してしまっていた。

デキンは鎧を発熱させて氷を一気に溶かすと、四天王を振り払って起き上がる。そして、村正を持つリーリスに向けて真っ先に突っ込んでいく。

「それを渡せぇええっ!!」

「はわわっ」

リーリスは奇妙な悲鳴を上げ――なぜか笑み浮かべた。そして、指に嵌めていた指輪を突きだして呪文を唱える。

「『フラッシュ』ッ!!」

「うぐぉっ!?」

「……からの『発勁《はっけい》』!!」

「「「えっ!?」」」

リーリスの指輪が発光してデキンの目を眩《くら》ませたかと思うと、彼女は鎧越しに両手を押しつけてデキンを吹き飛ばした。

その光景を見て、誰もが唖然としていた。

リーリスは倒れたデキンに勝ち誇った笑みを向けると、腕を組んで自慢げに言う。

「私、結構強いんですよ。これでも四天王ですからね」

「こ、この小娘がぁっ……!!」

「今だっ!!　拘束しろっ!!」

再び立ち上がろうとしたデキンを取り押さえるため、大勢の兵士達が飛びかかった。

もしリーリスと戦っていれば、ルノもデキンのようになっていたかもと思い、彼は内心冷や汗をかいていた。

ルノはリーリスに向かって言う。

「リーリスさん……こんなに強かったのか」

「まあ一応は、将軍職を任されてますから……」


それからしばらくして、デキンは完全に押さえつけられた。皇帝がデキンを怒鳴りつける。

「大臣よっ!!　これ以上の狼藉《ろうぜき》は許さんぞっ!!」

「…………」

デキンは黙ったままだった。見張られながら立ち上がると、さすがに観念したのか、鎧を通常の状態に戻す。

「分かった……もう降参する。この重たい鎧を脱ぎたいんだが」

デキンの言葉に四天王が、皇帝に視線を向ける。

皇帝も帝国の宝物である鬼武者の鎧をこれ以上使用されるのは避けたいため、デキンに脱ぐことを許可した。

「……鎧を脱ぐだけだろうな？」

「こんな状況で儂に何ができる？」

「いいじゃろう。さあ、早く脱げ」

ギリョウに命令され、衆人環視のなか、デキンはゆっくり鎧を引き剥がしていく。

「この鎧は王家の宝、返してもらうぞ」

「好きにしろ」

もはや戦意の感じられないデキンに対しても、四天王は最大限の注意を払っていた。

「動いたら魔法を発動します」

「……かなり臭う」

「まあ、おっさんの身体に密着していた鎧だからな」

「くっさいですね～」

「き、貴様らっ……!!」

デキンの汗や体臭を漂わせる鬼武者の鎧を、四天王は文句を言いながら回収した。

兵士が槍を突きつけたて、デキンを拘束する。

誰もが安堵し、これで今回の件は解決したと思っていた。

しかし、ルノが念のために先ほど習得した「観察眼」のスキルを発動させてデキンの様子をうかがうと——

「あれ……？」

「どうかしました？」

「いや……大臣って、あんなに太ってたかなって……」

「「「えっ？」」」

全員がデキンに視線を向ける。

元々肥満体型だったデキンの肉体が膨らみ、肌の色が緑色に変わっていく。さらに瞳の色が赤くなり、背丈も一回り大きくなっていた。

いち早く危険を察知したリーリスが、ルノに声をかける。

「こいつは魔人族《デーモン》ですっ!!」

「えっ？」

巨大化したデキンが、両腕を振り上げて言う。

「遅いわっ!!」

そして勢いよく腕を地面に叩きつける。直後に土煙が舞い上がり、その場にいた兵士達が吹き飛んだ。

「「「うわあああっ!?」」」

デキンが皇帝に手を伸ばす。

「馬鹿なっ……変身したじゃとっ!!」

「危ないっ!!」

ルノはとっさにデキンと皇帝の間に入り、皇帝を突き飛ばす。

「ぬおっ⁉」

皇帝をつかみ損ねたデキンは残念そうにしたものの、そのままルノをつかんだ。そして持ち上げて高笑いする。

「ちぃっ……まあいいっ‼」

「うわっ⁉」

「ルノッ⁉」

とてつもない握力で全身を握り潰され、ルノは顔をしかめる。

四天王をはじめとするその場にいた全員は、緑色の巨人と化したデキンを目にして唖然としていた。

「ま、まさか……こやつはトロールなのか⁉」

「いえ、色合いからするとこの人はハイゴブリンです‼　人間とゴブリンの性質を持つ魔人族《デーモン》ですっ‼」

「ハイゴブリンだと⁉　どうしてそんな奴に大臣が変化したんだ⁉」

そうしてギリョウ、リーリス、ダンテが話し合っていると、デキンは言い放つ。

「化けただと？　それは大きな間違いだっ‼　儂は最初から貴様らを騙していたのだっ‼」

本性を現したデキンは、ルノを抱えながら全員を見下した。そして、皇帝を睨みつけながら怒鳴り散らす。

「最初からデキンなどという男は存在せん!!　貴様らがこの儂の正体に気づかず、この国の大臣として受け入れたのだっ!!」

「そ、そんな馬鹿なっ……!!」

皇帝は唖然としていた。

「ふんっ!!　やっとこの姿に戻ることができたな……やはり、長く人間に変身していると精神に悪影響が生まれるようだ……くそっ!!」

デキンは苛立ちながら、首元を圧迫していたペンダントを引きちぎる。そして、それを指で摘むと、眉をひそめて地面に放った。

ルノは、どうにかして脱出できないのか試してみていた。

しかし、身体を圧迫されているせいで魔法が上手く発動できない。また、どんなに力を振り絞ってもデキンの握力には敵《かな》わなかった。

デキンは、ルノを忌々しげに見つめる。

「そもそも貴様さえ来なければ……死ねぇっ!!」

「ぐああっ……!?」

「いかん!!　早くルノ殿を救えっ!?」

バルトスが四天王に向かって告げた。

「畜生!!　なんなんだよ、いったい!?」

「やめろ、大臣!!」

「救出っ!!」

「し、しまった!! 杖と指輪がないと僕は魔法が……!!」

ダンテ、ドリア、ギリョウ、リーリスがデキンに接近しようとするが、デキンは驚くほど身軽な動作で器用に足払いを行い、周囲に土煙を起こした。

「ぬんっ!!」

「「「うわぁっ!?」」」

「くっ……目潰しかっ!?」

巻き起こった土煙が城の庭を覆った。

その隙にデキンは両手でルノをつかむと、力を込めて一気に握り潰そうとする。ルノが苦しそうに声を上げる。

「ぐああっ……!?」

「そうだっ……その表情がずっと見たかった!!」

ルノのうめく声を聞いて、デキンは醜悪な笑みを浮かべた。

デキンは両手にさらに力を込めていく。あまりの圧力にルノの意識は飛びそうになった。デキンが周囲に向けて言う。

「さあ、全員離れろっ!! こいつがどうなってもいいのかっ!?」

「ぐふっ……⁉」

バルトスほか、兵士達が絶望の声を上げる。

「ルノ殿‼」

「嘘だろ、おいっ……‼」

「大臣……‼」

完全に化け物と化したデキン。彼はルノをつかみながら周囲に見せつけ、うかつに近寄れば彼を殺すと告げる。周囲の者達は仕方なく指示に従い、デキンから距離を取った。

「くっくっくっ……少々計画が早まったが、この際どうでもいいっ‼　この小僧の命が惜しければ、皇帝よ、この帝国が隠している秘宝を渡してもらおうかっ‼」

デキンはそう言うと、皇帝に顔を向ける。

「秘宝じゃと……⁉」

「そうだっ‼　この城には初代勇者が残した神器が存在するはずだ‼　それを知っているのは代々の皇族のみ。さあ、教えてもらおうかっ⁉」

「貴様‼　どこで神器の存在をっ……⁉」

デキンの発言に、皇帝とバルトスが顔色を変える。

ほかの全員はなんの話か分からず、ただ困惑していた。その中で、アイラとギリョウが神器に反応する。

「神器……初代勇者が聖剣のほかに作りだした伝説の魔道具。まさか、本当にこの帝国に存在するというのか……!!」

「だが、どうしてその話を大臣が……」

「え？　お二人は知っているんですか？　その神器というのを？」

リーリスが振り返って、バルトスに尋ねる。

「……ギリョウとアイラは元々は儂の側近だったからな」

話している間にデキンは皇帝に詰め寄り、その醜い顔を皇帝に近づけて睨みつける。

「くくっ……この儂がなんのためにこの国に仕えたと思う？　神器の存在を知らなければ、当の昔に立ち去っておるわっ!!　さあ、答えろっ!!」

「……そ、それだけは教えられんっ!!」

「そうじゃっ!!　あの神器はこの帝国を築き上げた聖遺物、貴様のような輩に渡せるかっ!!」

皇帝とバルトスの返答にデキンはルノを差しだし、恐ろしい握力で握りしめる。

「ならば、この小僧を殺すぞっ!!　それでもいいのかっ!?」

「あぐぅっ!?」

二人は顔を逸らし、苦悶の表情を浮かべた。

ルノに申し訳なさを感じつつも、デキンの求める神器は、皇族である彼らには非常に大切な物であり、悪の存在に渡すわけにはいかなかった。

「待てっ‼　その子は関係ないっ‼　人質にするのならば儂にしろっ‼」

「兄上っ⁉」

「先帝っ……‼」

「儂がこの国の重要人物であることは、お主もよく知っているだろう⁉　その少年は我らの都合で呼びだされただけの異世界人じゃっ‼　だから、これ以上は傷つけるのはやめてくれっ‼　頼むっ‼」

「ほうっ……先帝ともあろう御方がこの儂に跪《ひざまず》くかっ‼」

「バ、バルトスさん……‼」

バルトスはルノの命を救うため、デキンの前で土下座をした。

バルトスの行動は周囲を驚愕させた。同時にそれは、デキンに残っていた人間のときの心を刺激したらしい。デキンは歓喜のあまり、手の力を緩めてしまう。

その一瞬の油断が、彼の命取りとなった。

圧迫が緩んだことで、ルノは魔法を発現させる集中力を取り戻し、デキンの目の前に先ほどのギリョウとの戦闘でも使用した魔法を発動させる。

「『光球』‼」

「むっ⁉　こ、これは⁉」

ギリョウ、ダンテ、ドリアは顔色を変える。

「あれは……ま、まずいっ⁉」

「やべぇっ⁉　またあれかよっ⁉」

「……光？」

デキンの目の前に、光の球体が発現する。デキンは驚いた表情を浮かべたものの、即座に笑い声を上げた。

「なんだこれは？　こんな魔法で儂の目を眩《くら》ますつもりだったのかっ⁉」

「うぐぅっ……⁉」

現れた銀色の「光球」は、ギリョウとの戦闘で使用したときと比べて光量が低かった。目眩しを行えるほどではない。

しかし、デキンが立っている場所は、城の花壇だった。デキンはルノを捕まえるため、この場所に来ていたのだが……

ルノがそれを確認しつつ、苦しげに声を上げる。

「足元……注意っ‼」

「はっ？　貴様、何を言って……うおおっ⁉」

「「「ええっ⁉」」」

強化スキル「浄化」を発動した状態で生みだされた「光球」により、光を浴びた花や雑草が急速に成長する。

あっという間に、植物はデキンの身体を包み込んだ。

ルノはデキンがたじろいだ隙に脱出を試みる。

「脱出っ!!」

「し、しまった!?」

ルノは力ずくでデキンの手をこじ開けると、地面に着地する。

デキンは手を伸ばしてルノを捕まえようとするが、ルノはデキンの顔面に向けて「闇夜《やみよ》」と「風圧」を同時に放った。

「くらえっ!!」

「ぬあっ!?」

「闇夜」の魔法で生みだした黒い霧を「風圧」の魔法で吹き飛ばし、デキンの顔面に貼りつける。

デキンは必死に両手で黒い霧を振り払うが、「闇夜」の魔法で生みだしたそれは粘着性があるため、簡単には引き剥がせない。

視界を奪われたデキンに対し、周囲が一斉に動く。

「おらぁっ!!」

「ぬんっ!!」

最初にダンテとギリョウが、デキンの両膝に向けて盾と刀を放った。ダンテは一方の膝の裏を叩きつけて崩し、ギリョウはもう一方の膝を容赦なく斬り裂く。

両脚を攻撃されたデキンは、両手で顔面を覆ったまま地面に跪《ひざまず》いてしまう。

「『フレイムアロー』!!」

「『爆矢《ばくや》』!!」

ドリアが火属性の砲撃魔法を放つと、ヒカゲがクロスボウを取りだし、鏃《やじり》の先端に火属性の魔石を取りつけた矢を放った。

ドリアの魔法でデキンの背に炎が走り、ヒカゲの放った矢がそれに反応して爆発する。

火属性の魔石は、熱に反応して爆発する性質があるのだ。

デキンが火炎に、呑み込まれる。

「ぐぁあああっ!?」

皇帝と、先帝が命令する。

「今じゃっ!!　全員で仕留めろっ!!」

「奴はもう魔物じゃっ!!　容赦する必要はないっ!!」

「「はっ!!」」

兵士達が動きだし、デキン目掛けて槍を突き刺す。デキンは彼らの攻撃を防ぐことができず、次々と槍が突き刺された。

「うわ、容赦ないですね……まあ、私も参加しますか。といっても、遠距離系の攻撃は苦手なんですけど……石でも投げますか」

転生系

前世の記憶を持ちながら、
強大な力を授かった主人公たち。
現実との違いを楽しみつつ、
想像が掻き立てられる作品。

異世界転生騒動記

高見梁川

異世界の貴族の少年。その体には、自我に加え、転生した２つの魂が入り込んでいて!?　誰にも予想できない異世界大革命が始まる!!

既刊14巻

転生王子はダラけたい

朝比奈和

異世界の王子・フィルに転生した元大学生の陽翔は、窮屈だった前世の反動で、思いきりぐ～たらでダラけた生活を夢見るが……？

既刊9巻

元構造解析研究者の異世界冒険譚

犬社護

転生の際に与えられた、前世の仕事にちなんだスキル。調べたステータスが自由自在に編集可能になるという、想像以上の力で——？

既刊5巻

異世界ゆるり紀行

水無月静琉　既刊7巻

転生し、異世界の危険な森の中に送られたタクミ。彼はそこで男女の幼い双子を保護する。２人の成長を見守りながらの、のんびりゆるりな冒険者生活！

素材採取家の異世界旅行記

木乃子増緒　既刊7巻

転生先でチート能力を付与されたタケルは、その力を使い、優秀な「素材採取家」として身を立てていた。しかしある出来事をきっかけに、彼の運命は思わぬ方向へと動き出す—

続々刊行中! 話題の新シリーズ

転生・トリップ・平行世界・・・
様々な世界で主人公たちが
大活躍する新シリーズ!

この面白さを見逃すな!

追い出された万能職に新しい人生が始まりました

東堂大稀

既刊3巻

万能職とは名ばかりで“雑用係”だったロアは「お前、クビな」の一言で勇者パーティーから追放されてしまう…生産職として生きることを決意するが、実は自覚以上の魔法薬づくりの才能があり…!?

神に愛された子

鈴木カタル

善行を重ね転生したリーンはある日、自らの称号に気づく。様々な能力は称号が原因だった!!更に伝説の聖獣に呼び出され…!?

既刊4巻

初期スキルが便利すぎて異世界生活が楽しすぎる!

霜月雹花

転生後、憧れの冒険者になるが依頼は雑用ばかり…。しかし、持ち前の実直さで訓練を重ね、元英雄が認めるほどの一流冒険者に!?

既刊3巻

スキル【合成】が楽しすぎて最初の村から出られない

紅柄ねこ

啓示の儀式で授かった【合成】スキル。それは強力過ぎる能力だった!!スキルを隠して過ごすセンの元に異様な姿の男が現れて——!?

既刊1巻

欠陥品の文殊使いは最強の希少職でした。

登龍乃月

魔法の才能がなく実家を追放されたフィガロ。引き取ってくれた伝説の大魔導師の元、徐々に秘められた力に目覚めていくが——!?

既刊3巻

大自然の魔法師アシュト、廃れた領地でスローライフ

さとう

魔法適正「植物」のため実家を追放されたアシュト。第二の人生はスローライフと考えていたが、レア種族がどんどん集まって来て!?

既刊1巻

既刊2

勘違いの工房主

時野洋輔

「戦闘で役に立たない」とパーティを追い出されたクルト。工事や採掘の仕事でも役立たず…と思いきや、実は戦闘以外の全適正が最高ランクで!?

既刊3巻

既刊3

そんな裏設定知らないよ!?

なつのさんち

ゲーム世界の脇役に転生したリュー。それならと推しキャラ:アンヌを正統派ヒロインにすることを決意!!なのに、知らない裏設定がどんどん出てきて——!?

既刊1巻

既刊2巻

追い出されたら、何かと上手くいきまして

雪塚ゆず

紫の髪と瞳のせいで家から追放されたアレク。素性を伏せ英雄学園に通うと桁外れの才能で人気者に!!実は彼の髪と瞳の色には秘密があり——!?

既刊2巻

既刊2巻

「……それならこれを貸す」

リーリスが攻撃に乗り遅れていると、ヒカゲが彼女に武器を手渡す。

「お、くないですか。いいですね～」

デキンはどうにかして逃げようとしていたが、それを許すほど甘い者はここにはいなかった。

片足を失いながらも、デキンは地面を這って逃げようとする。そんな彼の前に一つの人影が現れる。

「デキン大臣……さん」

未だに「闇夜」の魔法によって視界が定まらないデキンの耳に、ルノの声が響く。

「なっ……!?」

「ルノ君!?　うかつに近づいちゃ……えっ？」

「なんだ……あれは？」

周囲から驚いた声が上がる。デキンは自分の聴覚を頼りにルノの位置を把握した。そして、笑みを浮かべて両手を伸ばす。

「油断したなっ……人間がぁっ!!」

デキンの両手に、ルノをつかんだ確かな感触が広がる。喜ぶデキンだったが、即座に違和感を覚える。

両手が凍りつくような冷気に襲われたのだ。

「ぐあぁっ!?」

「反省してくださいっ!!」

デキンがつかんだのは、ルノではなかった。

ルノが「氷塊」の魔法で生みだした、彼の形をした氷の人形である。あまりにも精巧なので、遠目では本人だと間違えてしまうほどだった。

さらに、ルノの形状をした氷人形には強化スキルの「絶対零度」の効果が表れていた。

デキンが素手で触れた瞬間、瞬く間に凍っていく。手のひらから徐々に腕、肩、胴体まで広がり、やがて全身が凍りついていった。

ほかの攻撃は中断され、皆、デキンの変わりざまを黙って見守る。

「こ、凍る……儂の身体がぁっ……!?」

「もう暴れるのはやめてください」

ルノは、敵とはいえデキンを心配して言う。

「黙れぇぇええっ……!!　この儂が、人間ごときにぃいいいいっ!!」

それでもデキンは諦めるつもりはなく、凍りついた身体を動かそうともがいていた。しかし、それが仇となり、凍りついた肉体に亀裂《きれつ》が走っていく。

ルノは氷人形を消失させるが――すでにデキンの身体は、顔面以外ほとんど凍りついていた。

「諦めてくださいっ!!　これ以上は……」

「うるさいっ‼　儂に……命令するなぁあああああああっ‼」

「いかんっ‼　やめろ、大臣っ⁉」

「もう遅いっ‼　近づくなっ‼」

デキンが叫び声を上げた瞬間、全身にひび割れが生じ、その姿を目にした皇帝が止めようとしたが、それをバルトスが引きとめる。

ついに、デキンの肉体は完全に崩壊した。

残された頭部だけが、地面に転がる。

ルノは目の前で砕け散ったデキンを見て、唖然としていた。デキンは首だけの状態でも、ルノを睨みつけ、憎々しげに断末魔《だんまつま》の叫び声を上げる。


「このっ……悪魔がぁあああっ……‼」


直後、デキンは自分の舌を噛み切った。

デキンの口から大量の血が噴出する。

ルノに殺されるくらいなら、自殺することを選んだらしい。デキンは苦悶の表情を浮かべ――やがて完全に絶命した。

皇帝はデキンの顔を見て、複雑な表情を浮かべていた。

「……愚かなことを」

「まさか魔人族《デーモン》だったとは……しかし、どのような術で人間に化けていたのだ？」

バルトスがそう疑問を口にすると、リーリスがデキンの頭部の近くに落ちていた髑髏《どくろ》のペンダントを拾い上げ、バルトスに向かって告げる。

「おそらく、これのおかげでしょうね」

そうしてリーリスはペンダントを凝視すると、納得したように頷く。

「……やはり魔道具でした。『人化』の能力が付与されています」

「『人化』？」

「ヴァンパイアのような魔人族《デーモン》が人間に擬態するときに扱うスキルです。本来は、ハイゴブリンが扱える能力ではないんですが、これで『人化』のスキルを発動していたようです」

「何⁉　そんなことを可能にする魔道具があるのか⁉」

リーリスの説明に、バルトスだけでなく周囲の者達がざわめきだす。彼女はひと息つくと、「鑑定」で見たというペンダントの効果を解説する。

「……もしかしたら、初代勇者が作りだした神器かもしれませんね。大臣がこれをどのような経路で入手したのかは分かりませんが」

「初代勇者がそんな物を……」

「あくまでも私の予測です。ですけど、これほどの魔道具を作りだせる人物は限られていると思います」

「ふむ、調査する必要があるのう」

「そうですね。ひとまずこの魔道具は私に預からせてください。実験室でいろいろ調べてみたいので」

「頼んだぞリーリス。それはともかく、ルノ殿を大変なことに付き合わせてしまったのう」

皇帝はそう言うと、ルノに視線を向けて申し訳なさそうにする。

ルノはどう返答して良いのか分からず困惑した。

それから彼は、先ほどの質問を向ける。

「それよりあの……さっきの質問なんですが、勇者として召喚されたみんなはどうしてるんですか？」

「う、うむ……そうじゃったのう」

急に口ごもる皇帝。

そこへ、バルトスが皇帝を睨みながら告げる。

「どうして勇者召喚をしたのだ！　やるべきではないと、代々、あれほど言われていたではないか！」

焦った皇帝は視線を彷徨《さまよ》わせて助けを求める。しかし、誰一人として彼と顔を合わせようとしない。

バルトスが呆れつつ言う。

「陛下よ。いや弟よ。この件は、ゆっくり話し合う必要があるようじゃの」

「そ、そうですな……兄上」

リーリスがルノに声をかける。

「あ～、ルノさん、さっきあなたが使っていた魔法のことを聞きたいので、良ければ今度、お話を聞かせてくれませんか？」

「え、まあ……別にいいですけど」

すると、緊張感が解けたようにコトネが言う。

「……お腹空いた。何か食べたい」

「コトネ……こんなときに何言ってるんだ」

アイラがいさめたが、空腹を感じていたのはルノも一緒だった。

「あ、でも俺もお腹空いたな……」

「そ、それなら食堂に案内しましょう!!　古今東西のご馳走を用意しようではないか!!」

皇帝が嬉しそうにそう言うと、バルトスも笑みを浮かべる。

「それはいいのう……だが、食事が準備されるまで、儂らは話し合う必要があると思わんか、弟よ？」

「……はい」

それからデキンの死体処理がなされ、アイラは冒険者ギルドに戻り、バルトスと皇帝は二人だけの話し合いをすることになったのだった。

× × ×

ルノは、皇帝、バルトス、四天王達から今回の騒動について説明を受けた。

デキン一人による暴走だったことは間違いないようだが、迷惑をかけたということで丁寧に謝罪された。

なお、ルノが冒険者ギルドを退職するという件は無効になった。そもそもこの世界に退職願という文化がなかったこともあるが、アイラに強く説得されたのだ。

帝国は今回の騒動の迷惑料としてお金を払おうとしたが、ルノは断固として受け取らなかった。そもそも大臣一人の仕業であり、城で派手に暴れた自分も悪いと考え、固辞したのである。爵位と領地などを授与する話も出たが、それも断った。

いろいろと話し合った結果、ルノが皇帝に要求したのは、大人数が住める屋敷、そしてそれを建てる場所として近隣住民があまりいない土地だった。

皇帝はその要求を呑み、すぐに帝都内で屋敷の建設が始まった。屋敷の周囲は空き地であるため、多少騒いでも迷惑にならないとのことだった。

3

リーリスは調査に奔走していた。

王城の召喚の間には、巨大な魔法陣が刻まれた台座がある。この場所で、ルノ達は召喚石という特別な魔石を使って呼びだされたのだ。

台座は元々、王城が建設される前にあった神殿のものだという。神殿が戦争で壊されたあとに、今の王城が建設されたらしい。

リーリスはその台座の前に立ち、デキンの元配下である魔術師達に召喚の経緯を尋ねていた。

「大臣は、召喚石を台座に設置して、勇者を召喚したというわけですか？」

「は、はい」

「う〜ん……ところで大臣は、この魔法陣の使い方をどうやって知ったんでしょうね？」

「古《いにしえ》の文献を調べたと言ってましたが……」

魔術師の返答に、リーリスは首を傾げる。

「大臣の邸宅や城内を調べ尽くしましたが、それらしい文献は発見されてないんですよね。すでに処分したのか、あるいは消失したのか……どちらにしろ、この召喚石が鍵になりそうですね」

リーリスはそう言うと、手に持っている金色の球体に視線を向けた。

これが、この世界で最も希少な魔石、召喚石である。

召喚に使われた召喚石の数は、四つ。

巻き込まれたルノを除き、勇者として召喚されたのは四人なので、召喚石で呼びだせる勇者は一つにつき一人らしい。

リーリスは顎に手を当てて思案する。

「まるでガチャみたいなシステムですね……解体して調べたいところです」

「ガ、ガチャ？　どういう意味でしょうか？」

「ああ、なんでもありません。ここは私が調べますから、あなた達は下がっていてください。ほら、見られていると集中できないじゃないですか」

「は、はあ……分かりました」

魔術師達は自分達よりもずっと年下のリーリスに命令され、顔をしかめる。リーリスは彼らの反応に構うことなく、台座の調査を進めた。

「む、これは……文字ですね。しかも日本語と来ましたか」

リーリスは台座の文字を見つめ、納得したように頷く。

「……なるほど、そういうことですか。どうやら勇者が残した聖遺物の一つですね」

「何を今さら。それはそうでしょう。文献にも残っていますから」

魔術師達は、リーリスの発言を聞いて呆れていた。台座のあった神殿自体が、勇者が遺したものだと伝わっているのだ。

リーリスは独り言を言うようにさらに続ける。

「勇者がこの魔法陣を作りだしたのは、自分達の世界と行き来するため。その試みが成功したのかは分かりませんが。ただ少なくとも、これは勇者を召喚するためだけの魔法陣ではないようですね」

「なんと!?」

「これは勇者様を呼びだす魔法陣ではないのか!?」

魔術師達が驚きの声を上げる。彼らは、この台座は帝国が危機に陥ったときに勇者を呼びだすための兵器のようなものだと思い込んでいたのだ。

リーリスは分析を続ける。

(この文章によると、世界を自由に行き来できるのは勇者だけ。そして、召喚石はこの魔法陣を動かすための燃料というところですか)

リーリスは召喚石を見つめ、そして再び魔法陣に視線を移す。

(勇者以外の者でもこれで、あちらの世界に行けるんですかね?)

そう思いついたものの、その考えを掻き消すようにリーリスは首を横に振る。

帝国が保有する召喚石の数は限られている。たとえ、あちらの世界に行けたとしても戻ってこられる保証はないのだ。

（さすがに危険すぎますかね。仕方ありません。とりあえず、このことをルノさんに伝えないと……ん？）

リーリスは台座から下りようとして、ふと足元に違和感を覚える。視線を向けるとそこには、一匹の黒いスライムがいた。

「どうしてこんな所に？　……ルノさんのペットですかね」

リーリスはそう呟いてじっと見ていると、突然、スライムが音声を発した。


「――それを、よこせ」


「えっ⁉」

驚いたリーリスはバランスを崩して台座から落下してしまい、召喚石を手から離してしまった。

スライムが召喚石に触手を伸ばす。

「もらうぞ」

「くっ……させません‼」

とっさにリーリスは「風圧」の魔法を放った。

「何⁉」

スライムが召喚石に触れる前に吹き飛ばすことに成功したが、肝心の召喚石は魔法陣の中央部に落下して——砕け散ってしまった。

「馬鹿なっ……くそっ‼」

「そ、そのスライムを捕まえてください‼」

すごい勢いで身体を弾ませて逃げようとするスライム。リーリスは慌てて魔術師達に向かって指示を出す。

「えっ⁉」

「な、なんだこいつは⁉」

魔術師達は混乱しながらもスライムを捕まえようとしたが、スライムは上手く回避してそのまま去っていった。

「待て、逃がしませんよ……わあっ⁉」

スライムを追いかけようとしたリーリスだったが、彼女が動く前に台座が光り、魔法陣から虹色の光が放たれる。

「こ、これは⁉」

「魔法陣が……輝いている⁉」

「ま、まさか⁉　あのときと同じ……‼」

魔術師達が騒ぎだす。

「リーリス殿‼　勇者です、勇者が召喚されようとしています‼」

「ええっ⁉　ちょ、まずいです‼　どうにか止めないと……わあっ⁉」

「しょ、召喚石が⁉」

砕け散った召喚石が魔法陣に呑み込まれ、その中央部分から光の柱が立つ。

しばらく光の柱は輝き続けていたが、ゆっくりと消えていった。

台座には一人の少女が横たわっていた。彼女は上半身を起こし、周囲を見回すと驚いたように声を上げる。

「え、ええっ……ここどこ⁉」

戸惑う少女を見て、リーリスはふと口にする。

「あなたは……もしかして、日本人ですか？」

「え？　そうだけど……あれ⁉　が、外人さん⁉　マ、マイネームイズ……ハルナ？」

「いえ、言葉は通じますよ？　あれ、その名前って確か……」

リーリスが困惑していると、興奮した魔術師達が台座に押し寄せる。

「ゆ、勇者様だ‼　勇者様がお戻りになられたぞ‼」

「急いで皇帝陛下に報告しなければ‼」

×　×　×

消えたはずの勇者、花山陽菜《はなやまはるな》が戻ってきたことに城内は騒然としていた。

即座に彼女は玉座の間へ連れていかれ、皇帝、先帝、帝国四天王が集められる。そこへ、知らせを聞いたルノも駆けつけた。

「すみません、遅れました‼　……花山さんが戻ってきたというのは本当ですか⁉」

「あっ、き、霧崎く〜ん……助けて〜‼」

「うわ、びっくりした⁉」

玉座の間の扉を壊しかねない勢いでルノが飛び込んでくると、皇帝と向かい合っていた陽菜は涙目でルノのもとへ駆けつけ、唯一同郷の人間であるルノに抱き着く。

よほど怖かったのか、彼女はルノから離れようとせず、その様子を見て困ったように皇帝は先帝と顔を見合わせる。

「参ったのう……兄上よ、どうすれば良いでしょうか」

「儂に聞くな……ルノ殿、どうやら彼女は混乱しているようだ。申し訳ないが、ルノ殿から彼女に何が起きたのか聞いてくれぬか？」

「え？　いや、そう言われても……えっと花山さん？　大丈夫？」

「う、ううっ……お腹すいた」

泣きじゃくりながらルノに抱き着いていた陽菜は、混乱しながらも空腹を訴えた。ルノはすぐに周囲の者達に尋ねる。

「あの、すみません!! 誰か食べ物を持ってませんか?」

「え、そう言われても……」

周囲があたふたしていると、コトネが小袋を取りだして言う。

「……おやつ用に持ってきたクッキーがある」

「クッキー!? 本当に!?」

「うわ、すごい勢い」

目を輝かせた陽菜がコトネに駆け寄った。よほどお腹が減っていたのか、陽菜は夢中でクッキーに食らいつく。

「……たんとお食べ」

「おいおい……これが伝説の勇者様なのか? どう見てもただのガキじゃねえか」

クッキーを頬張って幸せそうな表情を浮かべる陽菜。コトネがペットに餌をやるようにしている一方で、ダンテはその様子を見て完全に呆れていた。

彼女が落ち着くのを待ってから、ドリアが警戒させないように優しく尋ねる。

「あの、初めまして……私はドリアと言います。あなたの名前は、花山さんでよろしいでしょうか？」

「え？　あ、はい……えっと、ドリアンさんですか？」

「ド、ドリアですよ」

陽菜は怖がって、ルノの背後に隠れてしまった。

その反応にドリアは傷つく。帝国四天王の美形としてもてはやされている彼だが、陽菜にとっては自分達を誘拐した悪者という認識しかなかった。

リーリスがため息をついて言う。

「ちょっと！　怖がらせてどうするんですか。まったく、こういうときは男の人は役に立ちませんね」

「そ、そう言われても……」

落ち込むドリアをよそに、コトネが陽菜に近づく。

「……クッキーならまだある。もっとお食べ」

「あ、ありがとう!!」

「おお、さすがはコトネさん。もう意気投合しています」

「いや、餌《え》づけしているようにしか見えないんだけど……」

「ダンテよ、言葉が過ぎるぞ。表現が豊かな可愛い女の子ではないか……ほっほっほ」

コトネが陽菜を餌づけする様子を見てリーリスは賞賛の声を上げ、ダンテは呆れ、ギリョウは笑っていた。

陽菜はクッキーを食べ終えると、ルノの背後から姿を現した。そして改めて自己紹介を行う。

「は、初めまして……花山陽菜です。白鐘学園高校の一年生で霧崎君の同級生です。あ、そこのお爺さんとは会ったことがあるけど……」

「お、お爺さん……？」

ルノがそう言うと、リーリスが陽菜の代わりに説明する。

「皇帝陛下とはお会いしたことがあるんですね。私の名前はリーリスです」

「私の名前はコトネ……ヒカゲとも呼ばれてる。好きなほうの名前で呼んでいい」

「俺はダンテだ」

「ドリアと申します……先ほども自己紹介しましたけど」

「ギリョウじゃ」

「先代皇帝のバルトスと申す」

「え、ええっ……そんなに急に言われても覚えられないよ～」

全員の自己紹介に陽菜は困った表情を浮かべるが、とりあえずはルノの背後に隠れるのをやめてしゃべり始めた。

彼女は自分の身に何が起きたのか気になるようだが、玉座の間に集まっている人間達も、彼女がどうして戻ってきたのか疑問を抱いていた。

こちらの世界の人間が話しかけると陽菜が警戒心を抱くと判断し、代わりに同郷の人間であるルノが代表として尋ねることになった。

「花山さんは、元の世界に戻ることができたの？」

「あ、うん。聡君《さとし》が『転移』の能力で地球に戻してくれたんだよ」

「『転移』の能力……転移魔法のことでしょうか？　そんな高等魔法を勇者様が覚えていたと……？」

「勇者は特別な能力を授かるという伝承があります。勇者の固有の能力にそれがあったのかもしれませんね」

陽菜が姿を消したのは、同じく召喚された佐藤《さとう》聡の能力であることが判明した。

彼らが地球に転移する際の状況はすでに知れ渡っているため、誰も彼女を責めなかった。そもそも、自分達の厄介事を異世界の人間である彼女達に解決させようとしたのが間違いである。

バルトスが謝罪する。

「ハルナ殿、あなた達に迷惑をかけたことを謝罪したい。弟の浅はかな提案で異世界人であるあなた達をこの世界に呼びだしたことを謝りたい。すまなかった」

「本当に申し訳ない……」

「え？　えっと……」

先帝バルトスに続いて、皇帝に頭を下げられた陽菜はルノに顔を向け、どのように返事すればいいのか困っていた。彼女は彼らに恨みを抱いていない。

それでも友達の加藤《かとう》が兵士に痛めつけられたことは事実だったので、そのことを陽菜は質問する。

「あの……どうして加藤君の腕を折るなんてひどいことをしたんですか？　加藤君、すごく痛がってたのに」

「腕を折る？　それがどうかしたのか？　訓練をしていたなら腕を折るなんて珍しいことでもないだろ」

ダンテはそう言うと、不思議そうな表情を浮かべた。

事情を察したリーリスが割って入る。

「ああ、もう……脳筋馬鹿のダンテさんは黙っていてください」

「なんだと⁉」

「花山さん、この世界では人が腕を折ってもそれほど問題にはならないんですよ。この世界には回復薬というものがあって、それを使えば大抵の怪我は治ってしまうんです」

「回復薬……？」

「えっと、ゲームでいうところの薬草やポーションみたいな薬だよ。分かる？」

ルノの補足に、陽菜は驚いた表情を浮かべる。

「あ、うん……加藤君が好きなゲームでもよく出てくるやつだよね？　え、そんなものがこっちの世界にもあるの⁉」

リーリスがさらに続ける。

「花山さんの世界では腕を折れば簡単には治らないかもしれませんけど、この世界では回復薬を使えばすぐに治るんです。でも、怒るのも無理はないですよね。いきなりこんな場所に呼びだされて友達を傷つけられて……帰りたいと思うのも無理はありませんよね」

「う、うん……加藤君もすごく痛がってたし」

「ふむ、そういうことだったのか……どうやら勇者殿の世界では医療技術はあまり発展していないのかな？」

「回復薬がないってマジかよ……それだったら腕が折れたら一大事だな」

回復薬がない地球では腕が折れれば大怪我だが、こちらの世界では軽傷の類《たぐい》で済まされる。またこの世界の住人の場合は、腕が折れたくらいなら回復薬なしでも一週間程度で完治する。

「うむ、どうやらいろいろとお互いに誤解があったようだな。本当にすまなかったハルナ殿……」

「何が誤解じゃ。馬鹿者が……すべての責任は我らにある。ハルナ殿、誠に申し訳ない」

「え、えっと……つまり、おじさん達は悪気があったわけじゃないの？」

「お、おじさん!?　ハルナ殿、いくらなんでも皇帝陛下と先帝にそのような口の利き方は……」

「まあまあ、別にいいじゃないですか。ほら、仲直りしましょう」

陽菜もなんとなくではあるが、皇帝と先帝が反省していることを理解すると、自分が想像していたような悪い人達ではないのかと考え、リーリスに促されるままに頷く。

「こ、こちらこそ……えっと、勝手に帰ってごめんなさい？」

「うむ。しかし今回はどうしてお戻りになられたのだ？　ほかの勇者の方々は一緒ではないのか？」

「あ、うん……そういえば、私、どうしてここに戻ってきたんだろ？」

先帝の質問に、陽菜は不思議そうに首を傾げ、自分は加藤の見舞いのために病院に訪れたはずなのに、この世界に戻ってきたことに疑問を抱いた。

「どきっ」

「……？」

リーリスは冷や汗を流す。

陽菜がこちらの世界に戻ってきたのは、リーリスが召喚石を落としたことが関係しているのは間違いない。勇者全員が召喚されなかったのは召喚石が砕けてしまったことが原因なのか……ともかく陽菜だけが呼び戻されたのだった。

ルノが陽菜に尋ねる。

「花山さん、あっちの世界はどうなってるの？　実は戻ったら何十年も経っていた……とかはないよね？」

「え？　うん、特に何にも変わってなかったよ？　普通に学校の教室に戻って……あ、あれ？」

「どうかしたの？」

「えっと……霧崎君だよね？　クラスメイトの……」

「そうだけど……？」

だが、陽菜は戻ってきた理由を解明する前に、ルノの質問を受けて頭を押さえ、何か重大なことを自分が忘れているように感じた。

だが、それが何か思いだせず、ルノの顔を見ながら頭を押さえる。

「あれ、あれれ……？　うん、霧崎君だよね？　クラスメイトの……ん？」

「だ、大丈夫？」

「ごめんね。何か思いだせそうなんだけど……えっと、なんだっけ？」

「……私に聞かれても分からない」

「そ、そうだよね……あれ～？」

違和感の原因を思いだせない陽菜を見て、リーリスは話題を変更させる好機だと判断し、彼女の背中を押す。

「ふむ、どうやら召喚の影響で記憶が混濁しているようですね。これは、すぐに休んだほうがいいですね!!　医療室にご案内しますよ!!」

「え？　じゃあ、俺も一緒に……」

「……なら私も」

「待て、お主はまだ業務が残っておるぞ？」

ルノが二人のあとに続くとコトネもついていこうとしたが、ギリョウに止められた。城に戻った以上は将軍としての仕事をすることが彼女の義務であり、コトネは渋々と従う。

城内の医療室に案内された陽菜。よほど疲れていたのか、彼女はベッドに横にされると、すぐに眠ってしまった。

その寝顔を見たリーリスは安心した表情を浮かべ、しばらくの間、彼女がこの世界に戻ってきた理由を誤魔化せるだろうと考えた。

「うん、どうやら落ち着いたようですね。陽菜さんはここで面倒を見ましょう。でも、落ち着かせるためにも、ルノさんは定期的に顔を出してくださいね」

「あ、はい。分かりました」

「う〜ん……むにゃごろすぴきゅ〜」

「いや、どんな寝言ですかっ」

安らかな寝顔を浮かべて寝言を言う陽菜にリーリスはツッコみ、彼女が起きるまでに自分の失態を上手く誤魔化す方法を考えはじめた。

こうして陽菜は帝国で面倒を見ることが決まった。

×　×　×

陽菜が消えた地球では、彼女の幼馴染の友人三人が病院中を駆け回り、その姿を探していた。

しかしどこを探しても見当たらない。ひとまず彼らは病室に戻り、話し合うことにした。クラス委員長の鈴木麻帆《すずきまほ》が推測を口にする。

「……やっぱり、あの世界に戻ったとしか考えられないわ」

すると、野球部レギュラーの佐藤聡《さとう》、不良の加藤雷太《らいた》が反応する。

「おいマジかよ!? どうして陽菜だけが……」

「そんな……くそ、陽菜!!」

鈴木は慌てる二人を落ち着かせると、陽菜が失踪《しっそう》する前に買ってきてくれたジュースを差しだした。それから彼女は推測の続きを話す。

「陽菜が消えたのが、あの世界に戻ったということなら……最悪ね。きっとあっちの世界では、私達のことを逃亡犯だと考えているはずだもの」

「ふざけんな!! 勝手に呼びだしといて犯罪者呼ばわりか!?」

声を荒らげる加藤に、鈴木はなだめるように言う。

「あくまでも私の推測よ。陽菜を温かく迎えてくれる可能性もあるわ」

「……いやそれはない。あの世界の人間は異常だ。腕を折っても謝りもしないんだから」

佐藤は、異世界で受けた苦痛を思いだしながら話すと、不意にステータス画面を開いた。

「異能」

・転移──一日に一度だけ自分の知る場所に転移できる。ほかの人間も同時に転移可能。

異能の「転移」を確認し、佐藤は決心したように手を握る。

そして陽菜のもとへ行くべく彼女のことを思いながら「転移」を発動させたが──彼の視界にメッセージが表示された。


転移先を想像してください。


「くそ、だめか……」

「……陽菜のことを考えて『転移』しようとしたのね」

佐藤の行動を読み取り、鈴木が言う。

勇者の能力といっても万能ではなく、正確な移動先がイメージできなければ発動しないようだった。

加藤が頭を掻きむしりながら言う。

「おい、どうすんだよ!!　このままだと陽菜があいつらに……」

「落ち着くのよ!!　私達が取り乱してどうするの……冷静になりなさい」

「そうだな。あの世界に戻ったとは限らないしな……もう少し探してみよう」

鈴木に続いて佐藤がそう口にしたところで、加藤の退院手続きをしに行っていた加藤の父親が現れる。

彼はいきなり三人を叱りつけた。

「おい、お前ら!!　ここにいたのか!!　今までどこに行ってたんだ、勝手に……」

「親父!?」

「まったく、お前らのせいであちこちで文句を言われたぞ。病院内を走り回る若者に困ってるとな!!　ほら、さっさと謝りに行って帰るぞ」

「待ってくれよ、親父!!　陽菜が……陽菜の奴が消えちまったんだ!!」

「陽菜……誰だそれ？」

「「「えっ!?」」」

加藤の父親の反応に、三人は顔を見合わせる。

彼は、子供の頃から陽菜のことを知っているはずである。それにもかかわらず、初めて聞いた名前であるかのように首を傾げていた。

加藤の父親が苛立たしげに言う。

「なんだ雷太？　入院している間に女の子の友達でもできたのか？　そうか、その子に別れを言うために病院内を探してたんだな」

「お、おい、何言ってんだよ、親父!?　陽菜だよ、俺達の幼馴染の陽菜を忘れたのか？」

「幼馴染？　お前こそ何を言ってるんだ？　……そんな子がいたのか？」

鈴木と佐藤は愕然とする。

「そんな……嘘」

「まさか……忘れているんですか？」

「なんの話だ？」

加藤の父親は相変わらず、陽菜を初めから知らなかったような態度のままだった。

それどころか、病院に迷惑をかけたことを誤魔化していると考えた彼は、怒って加藤の耳を摘まむ。

「ほら、謝りに行くぞ。ついて来い‼」

「いででっ。は、離せよ」

そのまま出ていく加藤と加藤の父親を、鈴木と佐藤が追いかける。

「雷太‼　おじさん、待ってください」

「陽菜……」

こうして三人は、加藤の父親に無理やり連れだされ、陽菜の存在が三人以外誰も覚えていないことが発覚するのだった。

4

ルノは大型トラックの形をした氷車を操作し、空中を進んで西の森に向かっていた。

いろいろトラブルが片づいたので、ロプス達に会いに行くことにしたのだ。荷台には、皇帝に用意してもらった魔物達の好物が積んである。

また、護衛としてリーリスに同行してもらっていた。

助手席に座るリーリスが、ルノに話しかける。

「いや～、本当にルノさんの魔法はすごいですね！　まさか『氷塊』の魔法で自動車を作れるなんて」

「え？　リーリスさんは自動車を知ってるんですか？」

「そういえば説明がまだでしたね。実は私、こう見えても日本人なんですよ」

「へえ……えっ⁉」

「ちょっ、前見てください、前っ‼　鳥にぶつかりますよっ⁉」

危うく鳥の群れと衝突しそうになったが、ルノは車を回避させた。

「ふうっ……危なかった」

「あ～びっくりした……えっと、なんの話でしたっけ？　ああ、私が日本人という話を聞いて驚いたんですよね」

「そうですよっ!!　リーリスさんは日本人なんですかっ!?」

「ええ、まあ……一応は」

リーリスの告白にルノは驚き、ハンドルから手を放してしまう。なお、ハンドルを握る必要はない。

リーリスは悩んだものの、この世界を訪れた経緯を打ち明けることにした。

「まあ、仕方ないですね。ここまで来たら私も腹を括《くく》りますか……実は私、日本人といってもそれは前世の話なんです。分かりやすく言えば転生ですね」

「転生……？」

「ルノさんは直接、この世界にやって来たんですよね？　私は違うんです。日本にいた頃の私は、どこにでもいる普通の超お金持ちで、普通にスタイルが抜群で、性格の優しい普通の美少女として育てられていました。あ、趣味はオカルトです」

「普通ってなんだろう……」

呆れるルノをよそに、リーリスは続ける。

「ある日、父親が株で大失敗して、とんでもない借金を背負うことになったんです。それで、パニックになった父親は、家族を巻き込んで死のうとして家に火を放ったんです」

「ええっ……」

「ですが、父親は結局自分一人で逃げだしちゃいました。私は自分の部屋に火が回ってくる前に逃げようとしたんですが、私の部屋は二階にあり、すでに部屋の外は火に呑み込まれていました。二階くらいなら飛び降りれば助かったかもしれませんが、当時の私は『中二病』という恐ろしい病を患っていたんです」

「中二……？」

「よりにもよって私は、趣味で購入した世界の魔術の伝承が書かれた本を参考に、脱出のための魔法陣を描いたんです」

「え、ごめん。意味が分からない」

「いや……ほら、よくあることじゃないですか？　ルノさんだってアニメのキャラクターが使う必殺技を真似たことがあるでしょう？　あれと同じで、当時の私は本当に魔法があると思い込んでいたんですよ!!　だって、そのときの私はまだ小学生だったんですよっ!?　だから、火に呑み込まれる家から自力での脱出を諦めて、床に魔法陣を描き込んだんです!!　あ、ちなみに魔法陣はマジックペンで書きました」

「マジックペンでっ!?」

あまりにも衝撃的な話に、ルノは驚いていた。

続く展開が気になり、ルノは恐る恐る尋ねる。

「でも、どうやって生き延びたんですか？」

「炎が私の部屋まで到達し、もう逃げることもできない状況で、私は自分で描いた魔法陣の上で震えることしかできませんでした」

「え？　じゃあ、どうやって……」

「私もよく覚えていないんです。炎に呑まれそうになったとき、落とし穴に落ちたような感じで、どこかに引きずり込まれたんです」

「引きずり込まれた？」

「それ以外の表現はありませんね。気づけば、私は辺り一面、真っ白な空間に放りだされていました」

×　×　×

リーリスが死を覚悟した瞬間——

彼女は真っ白な空間にいた。そこは重力がないようで、彼女はぷかぷかと浮いているような感じだった。

リーリスはしばらくの間混乱していたが、すぐに身体の異変に気づく。

身体そのものがない。

視界だけは存在するものの、真っ白な空間に覆われたまま、何もできずに謎の空間を漂うしかなかった。

『おやおや……これはまた、変わった魂が入り込んできましたね』

そんな彼女の前に、一人の少女が現れる。

全身が光で覆われていたので、外見はよく分からない。声からするとかなり幼い印象だった。

混乱するリーリスを、その少女は落ち着かせるように言う。

『ここは「狭間《はざま》の世界《せかい》」。世界と世界の間にある境界線——と言っても分かりませんよね。ともかく、あなたはたまたまここを訪れたようです』

この場所は、元いた世界と異世界の境目にある空間らしかった。リーリスがここにやって来たのは、彼女が描いた魔法陣の仕業《しわざ》だという。

『あなたが持っていたそのオカルトの本とやらには、本当に魔法の情報が書かれていたようです。だけど、死の直前に成功させるとは……すごい幸運ですね。いえ、逆に不運だったのかもしれませんが』

死の直前、床に描いた魔法陣が発動し、屋敷から抜けだすどころか——世界そのものからも抜けだしてしまったらしい。

『ですけど、残念ながらあなたはもう死んでいます』

少女は、そう断言した。

そもそもこの狭間の世界は、普通の人間が生きていられる場所ではなかった。この空間を訪れた時点で、リーリスは肉体を失ったらしい。

『でも、もし望むのなら、第二の人生を与えることもできますよ？』

少女によると、元の世界に戻すことはできないが、別の世界で、別の生命として生まれ変わらせることができるという。

少女は改まったように言う。

『私は、この狭間の世界の管理者。私には、あなたのようなイレギュラーを、別世界に導く役割を与えられています。あなたが望めば、現在の記憶を保持したまま別の世界に「転生」させることができます。ついでに、少しだけなら特別な力を与えることができますよ』

リーリスは、即座に少女の提案を受け入れた。

このまま魂だけの存在として狭間の世界を彷徨《さまよ》うよりも、別世界で肉体を手に入れたいと願ったのだ。

『分かりました。では、特別に転生先を指定しましょう。生まれ変わるのは人間の女の子で構いませんか？　あ、言い忘れてましたけど、今から送りだす世界には、普通に人間以外の種族もいます』

人間以外の存在がいるという話に、当時中二病を患っていたリーリスは激しく反応する。彼女は興奮したまま「魔法もあるのか？」と尋ねた。

少女は呆れながらも、異世界の説明をする。

『もちろん、魔法も存在します。そういう希望があるのなら、魔法が扱える種族に転生させましょうか？　人間でも魔法を扱えますが、魔法が一番得意なのは森人族《エルフ》ですね』

しかし森人族《エルフ》には厳しい掟《おきて》があるらしい。森人族《エルフ》では地球で暮らしていたときのように自由に生きられない可能性があると知らされる。

『自由に生きたいのなら、やっぱり人間がおすすめですね。強い魔法を使いたいのなら、私のほうから特別な加護を与えておきましょう』

それが決め手となり、リーリスは人間に転生することに決めた。

そうしてリーリスは地球のときの記憶を持ったまま転生し、一般家庭の赤子として生まれ落ちたのだった。

×　×　×

「ううっ……そんなつらい過去があったなんて」

「いや、そんなに号泣する話でしたかね!?」

リーリスの話を聞き終えたルノは、なぜか泣きじゃくっていた。彼女としては泣く要素のない話だと思っていたが、ルノは同情してくれたらしい。

「それで……ぐすっ、その後はどうなったんですか？　ううっ……」

「泣きすぎですよっ!!　なんだかこっちが恥ずかしくなってきました。まったくもうっ……まあ、その後はそれなりに幸せな人生を送りました」

こちらの世界の彼女の両親は普通の人間だったが、リーリスは特別な力を授けられたという。

リーリスは生まれながらにして、二つの職業を持っていた。

この世界では普通、職業は一つしか習得できないが、彼女は「治癒魔導士」と「薬師《くすし》」を習得していた。彼女のように二つの職業を持つ者はごく稀におり、二重職《ダブル》と呼ばれる。

リーリスは自分の来し方の話をさらに続ける。

「『翻訳』スキルを持ってなかったので、言葉を覚えるのには苦労しましたね。その代わりというわけではないですが、最初から平均以上のステータスでした。両親からは愛されていたんですけど、十五歳の誕生日のときに村を飛びだし、帝都を訪れて帝国に仕官したんです」

リーリスが帝国に仕えた経緯に疑問を感じ、ルノは尋ねる。

「へえ……でもどうして帝国の将軍になったんですか？」

「……私としては、今の立場は不本意なんですよ。回復に特化した職業なのに、無理やり将軍職に就かされてるんですから。元々は医療長だけだったんです。でもしょうがないですね、帝国は今人材不足ですから」

「人材不足？」

「五人いる四天王のうち三人はまだ二十代なんですけど、なぜ、若いのに四天王をしているかというと……実は事情があるんです」

「えっ？」

「数年前、帝国は巨人族《ジャイアント》と獣人族《ビースト》相手に戦争をしたんですよ。それで、有能な人材の多くを失いました。あんな豚大臣が重用されていたのもそれが理由なんです」

リーリスの半生を聞きつつ、帝国の歴史についても簡単に教えてもらった。

帝国が人材難だと聞いて、ルノが少しだけ心配そうにしていると、リーリスは付け加えるように言う。

「皇帝陛下はルノさんを帝国に迎え入れたいと考えていますよ。だから爵位や領地を与えようとしたんです」

「それは嫌だな……」

「でしょうね。私も給料が高くなければ辞めてますし」

そこで、ルノはふと思いついて尋ねる。

「ところで、リーリスさんの本名は？　今の名前はこちらの世界の名前ですよね？」

「私に敬語は必要ないですよ。元々は同じ世界に住む人間同士じゃないですか。あちらの世界にいた頃の名前は、アリスです」

「え？　外国人だったんですか？」

「いえ、日本人です……漢字で有栖《ありす》と書きます。ちょっとキラキラネームっぽいですかね」

「有栖……」

ルノはそれほどおかしな名前とは思わなかったが、彼女は恥ずかしそうな顔をする。

「うちの母親が絵本作家なんですよ。だから、有名な童話から名前を取ったそうです。そういえば、ルノさんも変わった名前ですよね？　本名なんですか？」

「俺の名前は、母親の友人の外国人につけてもらったんです。でも本当はレナという名前で、母親が聞き間違えて、ルノという名前になりまして……」

「マジですか」

「従弟《いとこ》には、レアというお兄さんもいます」

「マジっすか!?」

リーリスは、自分以上のキラキラネームをつけられた人物がいると知って同情していた。

ルノは先ほど聞いたリーリスの職業について尋ねる。

「職業が二つあるということは、覚えられる能力も多いんですか？」

「覚えられるスキルは多いですが、私の職業は回復に特化してますからね。職業が二つあっても、かぶる能力も多くて」

リーリスはそこでいったん区切ってさらに続ける。

「それに、ＳＰを使用して能力を強化しようにも、スキルの数が多すぎるから悩みますし……まあ今のところは、『合成』と『回復魔法』を重点的に強化していますね」

「『合成』？」

「薬品を作りだすときに有効活用する技能スキルです。薬師の場合は熟練度が表示されるので、私は限界値の５まで上げています。ここまで上昇させると、私が作りだす薬品の効果が高まったり、短時間で製作が可能になったりするんですよ」

「え？　技能スキルに熟練度があるんですかっ⁉」

「自分の職業に適したスキルにはすべて熟練度がありますよ。あ、固有スキルは別ですけど……」

リーリスの説明にルノは驚く。

今までずっと、熟練度が表示されるのは戦技だけと思い込んでいたため、技能スキルにもあるとは知らなかった。またリーリスの話では、熟練度の限界値が５だったが、自分の初級魔法の熟練度は10もあった。

「熟練度は本当に５が限界なんですか？」

「普通はそうですね。だけど、ＳＰを消費すれば熟練度を上げられますよ」

「あれ、俺の初級魔法はＳＰを消費してないのに、すでに熟練度が10まであるんですけど……」

「え、本当ですか？　もしかしたら、初級魔術師というのが関係しているかもしれませんね。誰もが使える初級魔法にだけ能力を限定していることが原因とか？」

リーリスが彼女なりの分析を口にする。

ルノもそこが気になったが、貴重なＳＰを使わずに熟練度が10まであるのは喜ばしいので、あまり気にしないことにした。

ルノは話の流れを大きく変えて、一番聞きたかった質問をする。

「急に変な質問をしますけど、リーリスさんは、元の世界に帰る方法を知ってるんですか？」

「それは私も知りません……実は私が帝国に仕官しているのは、その方法を調べるためなんですよ。でも、あまり良い成果は上がってないんですよね。そもそも帝国は、勇者召喚をよく分かってないみたいで……」

「ええっ!?」

衝撃の事実に、ルノは氷車を空中で停止させてしまった。

リーリスはため息をつきつつ、さらに続ける。

「帝国が勇者を召喚する方法を知っているのは事実です。だけど、肝心の帰還方法は誰も知らないんです。私も元の世界の家族のことが少し気になって、あの世界に戻れる方法がないか、調べていたんですけど……」

「なら、過去の勇者達は？」

「その多くが戻ることができず、この世界に残ったようです。でも、自力で帰還する方法を見つけだした人もいるみたいですね」

「え？　でも帰還する方法は知らないって……」

「確かに帰還した者はいるのですが、その方法は記録に残っていないんです。おそらく、故意に消されたんでしょうね」

「そんな……」

勇者召喚の際、デキンは魔王軍を倒せば元の世界に帰すと言っていた。だが、実際にはデキンも皇帝も、その方法は知らなかったことになる。

ルノがそのことを指摘すると、リーリスがため息交じりに答える。

「あの二人は、帝国に残された伝承を信じていただけですね。実際に帰還させたことも、試したこともありません」

「ええっ……でも、元の世界の戻る手段はあるんですよね？」

ルノが心配になって尋ねると、リーリスは笑みを浮かべた。

「それは間違いありません。実際元の世界に戻ってから、勇者召喚で改めてこちらの世界に呼びだされた人間もいるんですから。陽菜さんのように」

リーリスはそこでいったん区切ると、手を差しだして握手を求めてくる。

「ということでルノさん、私と協力しませんか？」

ルノは、迷うことなくその手を握った。友達というよりは、共通の目的を持つ仲間を手に入れた気分で、ルノは笑みを浮かべた。

×　×　×

「あ、見えてきた。あそこに友達がいるんですよ」

「友達……確かサイクロプスとスライムのことでしたよね？　こんな奥地にまで連れていったとは……まあ、確かにここまで離れないと、人里に戻ってくるかもしれませんね」

ルノ達は、ロプスとスラミンと別れた泉に到着すると、大量の食料品を載せた氷の大型自動車を泉のほとりに下ろした。

「ここで皆と別れ……えっ？」

「これは……？」

氷車から降り、ルノ達は泉のほう見て我が目を疑う。

泉の周りで、無数の狼が倒れていたのである。慌てて駆け寄ると、以前、仲良くなった黒狼の群れであることに気づく。

「そんなっ!?」

「あ、ルノさん!?」

ルノが倒れている狼の一匹を抱き上げる。その狼は腹部を切りつけられており、かろうじて生きているという感じだった。

「おい、大丈夫かっ⁉」

「クゥンッ……」

ルノの言葉に狼はわずかに反応する。だが、それで意識が戻ったのか、狼は舌を出して優しくルノの顔を舐めた。

ルノはリーリスにお願いする。

「リーリスさん、皆の治療を‼」

「え？　私が助けるんですかっ⁉」

魔物を治療してほしいと言われて困惑する彼女に、ルノは必死に頼み込む。

「友達なんだ‼　お願いします‼」

「……しょうがないですね、傷を見せてください」

ルノは狼達の治療をリーリスに任せると、「観察眼」のスキルを発動して周囲を見回す。どうしてこのような事態に陥ったのか調べていると――

突如として、木陰から青い物体が飛びだしてきた。

「ぷるぷるっ……‼」

「スラミン⁉　無事だったのか‼」

飛び着いてきたスラミンを、ルノは受けとめる。

そうして彼はスラミンに尋ねた。

「いったい何が起きたんだ⁉」

「ぷるぷるっ……‼」

スラミンは身体を変形させて、矢印のような形になった。

スラミンの示すほうに視線を向け、ルノはスラミンを抱えたまま走りだす。駆けながら、足元に「氷塊」の魔法を発動させる。

「こっちか‼」

「ぷるるんっ‼」

氷板《スケボ》を生みだすとルノはそれに飛び乗り、全速力で木々を掻い潜りながら進んだ。スラミンの指示通りに移動し、泉から数百メートル離れた小川にたどり着く。


「キュロロロロッ‼」

「ガアアッ‼」

小川には、サイクロプスのロプスと狼達のボスである大型の黒狼がいた。しかし、その周囲には金髪の青年達がいる。

「お、落ち着け‼　言うことを聞け⁉」

「お下がりください王子っ‼　おい、魔法の準備をしろっ‼」

「くそっ‼　聞いていないぞ、サイクロプスと大型の黒狼種がいるなんて……‼」

金髪の青年達は、ロプスと黒狼に弓矢を構えていた。すると、少し離れた場所にいる肥満体の少年が、彼らに命令する。

「おい、その狼は傷つけるなっ‼　捕まえて僕のペットにするんだ‼　青いほうは追い払えっ‼」

「やめろぉおおおおっ‼」

ルノは十メートルほどの高さから氷板《スケボ》を飛び降り、「風圧」の魔法で衝撃を和らげつつ着地した。

ロプスと黒狼が嬉しそうに声を上げる。

「キュロロロッ‼」

「ウォオオンッ‼」

ルノは弓矢を向ける金髪の青年達に手を構えた。

ロプスと黒狼はルノに駆け寄り、嬉しそうに彼に抱き着こうとする。ルノはそれを制止し、金髪の青年達に向かって声を上げる。

「この子達に手を出すなっ‼」

「な、なんだこいつはっ⁉」

金髪の青年達が戸惑っていると、肥満体の少年が声を荒らげる。

「おい、何をしている‼　さっさとそいつらを捕まえろよっ‼」

「し、しかし……」

「僕の命令が聞けないのか⁉　命令を聞かない奴は、帰ったら父上に言いつけて厳罰だからなっ‼」

「くっ……‼」

肥満体の少年に命令され、金髪の青年達が再び弓矢を向けた。

ルノは、彼らが攻撃を仕掛ける前に——強化スキル「暴風」を発動させた状態で「風圧」の魔法を放った。

「やめろと……言ってるだろっ‼」

「「「うわぁあああああっ⁉」」」

ルノが手を振り払う動作をしただけで、彼の周囲に強烈な突風が生じ、金髪の青年達の集団が吹き飛んだ。

「な、なんだっ⁉」

肥満体の少年は目を見開く。そんな彼のもとまで吹き飛ばされてきた青年が、声を震わせながら告げる。

「くっ……お、お逃げください、王子……⁉」

「な、なんだこいつの魔力は……化け物かっ⁉」

金髪の青年達は、ルノのことを化け物を見るような目で見ていた。肥満体の少年は怯えて木陰に身を隠す。

ルノは、ロプスと黒狼に笑いかけ、彼らの怪我の具合を心配する。

「大丈夫だった？」

「キュロロロッ……」

「クゥ～ンッ……」

頑丈な鱗《うろこ》に覆われているロプスはそうでもなかったが、黒狼はひどかった。黒狼の身体には、あちこちに抉《えぐ》られたような傷があった。

ルノは怒りに震えながら、金髪の青年達に視線を向ける。彼らの耳は人間のそれよりも長く尖っていた。

「森人族《エルフ》……？」

先ほど吹き飛ばされた森人族《エルフ》の青年達はルノのもとまで戻ってくると、彼に対して敵意を剥きだしにした。

「き、貴様!!　我々を誰だと思っている!!　人間ごときがよくも……!!」

「ば、馬鹿者っ!!　刺激するなっ!!」

ルノは森人族《エルフ》の持つ武器が血に染まっているのを見て、狼達を襲った者達で間違いないと確信した。ルノは声音を抑えて、彼らに質問を向ける。

「……あなた達は何者ですか？」

「わ、我々は……」

森人族《エルフ》の青年が答える前に、肥満体の少年が声を上げる。

「ぼ、僕のことを知らないのか!! やっぱり人間は下等な種族なんだなっ!! 僕はエルフ王国の第三王子のデブリ様だぞっ!?」

偉そうに言う、デブリと名乗った少年に対し、ルノは尋ねる。

「その王子が、どうしてこんな場所にいるんですか？」

「ぼ、僕はここに狩りに来ただけだ!! 立派な戦士であることを証明するためにな!! 人間のくせに邪魔をするなっ!!」

「狩りに……」

デブリと会話していると、森人族《エルフ》の青年の一人がルノに向かって弓矢を構える。

「この下等種族がっ……死ねっ!!」

「なっ!? やめろっ!! 相手は子供だぞ!?」

年長者らしき森人族《エルフ》が慌てて止めようとするが、矢はルノに向けて放たれてしまう。しかし、ルノは飛んできた矢を、額の前で受け止めた。

「おっと……今のは殺す気でしたね」

驚異的な動体視力と反射神経を見せつけたルノに、森人族《エルフ》達が驚愕の声を上げる。

「なっ……ば、馬鹿なっ!?」

「受け止めただとっ!?」

「それどころじゃねえっ……指で挟んで止めてるぞ」

「な、なんだお前っ⁉」

ルノは、何事もなかったようにつかんだ矢を投げ捨て、殺しにかかってきた青年を睨みつけて告げる。

「……先に攻撃を仕掛けたのは俺なので、今のは気にしないことにします。だけど、次に攻撃してきたら本気で暴れます」

「ひっ……‼」

「わ、分かった‼　分かったから落ち着いてくれっ‼」

尋常ではない怒気をまとうルノを見て、森人族《エルフ》の青年とデブリは顔を青くする。森人族《エルフ》の集団は慌てて、弓矢を手放した。

先ほど攻撃の中止を命じた年長者の男性が、代表して前に出てくる。

「私の名前はハヅキだ。デブリ様の護衛部隊の隊長を務めている」

「護衛部隊……ということは、彼は本当に王子なんですか？」

ルノが尋ねると、ハヅキは頷く。

「それは間違いない。この御方こそ、エルフ王国の第三王子であるデブリ様だ」

「そ、そうだぞ人間‼　早く僕に跪《ひざまず》けっ‼」

「馬鹿にしてるんですか？」

「ひぃっ⁉」

偉そうな態度を取ったデブリにルノが鋭い視線を向けると、デブリは慌てて森人族《エルフ》の青年の背に隠れた。肥え太った大きな身体のくせに小心者らしい。

どうして王子がこんな所にいるのか疑問に思い、ルノは尋ねる。

「この森で、なぜ狩猟を？」

「それは……」

ハヅキが言いづらそうにしていると、ほかの森人族《エルフ》達が自信満々に言い放つ。

「ふ、ふんっ‼　この森は元々我らの領地なのだ‼　我らの森で魔物を狩猟して何が悪いっ‼」

「そ、そうだそうだっ‼　ここは元々僕達の管理していた森なんだぞっ‼」

高圧的に振る舞う彼らを、ロプスと黒狼が威圧する。

「キュロロロロッ‼」

「ウォオオンッ‼」

「「ひぃっ⁉」」

二体の迫力に、森人族《エルフ》全員が黙り込んだ。

彼らの言葉通りこの森が森人族《エルフ》の領地なら、ルノのほうが勝手に侵入した犯罪者となるが、どうも信じられない。

ルノが訝しげに見つめていると、森人族《エルフ》の一人が騒ぎだす。

「う、嘘などついていない!!　この森は我々がずっと管理していたのだ!!」

「管理していた……ということは、今は管理していないんじゃないですか？」

「「「ぐっ……!!」」」

ルノの言葉に、森人族《エルフ》達は悔しげな表情を浮かべだ。その反応から、現在のこの西の森は彼らの管理下にないとルノは確信した。

ルノは、森人族《エルフ》の中でも話が通じそうなハヅキに尋ねる。

「この森は元々森人族《エルフ》の領地だったんですか？」

「……そ、そうだ。百年前までは我らエルフ王国が支配していた。今は違うが……」

「やっぱり、今は帝国の領地なんですね」

ルノがそう問うと、ハヅキは渋々ながら頷いた。

しかし、ほかの森人族《エルフ》達が騒ぎだす。

「待て、この森を管理してきたのは我々であることは間違いない!!　だから、この森は我らに扱う権利があるっ!!」

「「「そ、そうだそうだっ!!」」」

ハヅキは森の所有権が帝国にあることを認めたが、ほかの森人族《エルフ》達は頑なに認めようとしなかった。

ルノは、管理云々は置いておいて、質問の方向を変えることにした。

「その管理というのがどういう意味か知りませんが、森に入るときに帝国から許可は得てるんですよね？」

「どうして我らが、帝国ごときに許可を得ねばならんっ!!」

「我らが管理している森だ!!　勝手に使って何が悪いっ!!」

「……質問の答えになっていませんよ」

この世界の法律のことは分からないが、森人《エルフ》族達の言い分がひどいのはルノでも分かった。ハヅキも、会話を聞いて頭を押さえている。

どうやら、彼らが無断で帝国領に侵入していたことは確からしい。

ルノは、この件を帝国に報告すればまずい事態になるのではないかと考え、これを利用することにした。

「俺は帝国に所属しているわけじゃありませんが、その中枢に多くの知り合いがいます。今回の件を伝えたら、どんな結果になると思いますか？」

すると、森人《エルフ》族達は顔を真っ青にして慌てだした。

「貴様っ!!　我々を脅すつもりかっ!?」

「……ということは、図星だったんですね？」

「あっ……」

「馬鹿どもがっ!!　お前達は口を開くなっ!!」

ルノの言葉に森人族《エルフ》の一人が口を滑らせたが、ハヅキが怒鳴りつけて黙らせる。

すでに彼らの状況がまずいことは間違いない。ルノはさらに畳みかける。

「このまま黙って立ち去るのなら、今回の件は誰にも話しません。ですが、もしもまた森の中であなた達を見かけたら……帝国に報告します」

「今回は見逃してくれるのか？」

「約束します。でも。もうここには来ないで……」

そこへ、デブリが割って入ってきた。

「ふ、ふざけるなっ!!　人間のくせに命令する気かっ!?」

デブリは紫色に光り輝く鏃《ひじり》の矢を装填《そうてん》させたボーガンを構え、手を震わせたまま、ルノを脅すように怒鳴りつける。

「う、動くんじゃないぞっ!!　こ、この矢には猛毒が塗ってあるんだっ!!　触っただけでも危険な毒だぞっ!?　動いたら本当に撃つんだからなっ!!」

「王子!?　おやめくださいっ!!」

「うるさいっ!!　弱っちい人間のくせにっ……王子の僕に命令するなぁっ……!!」

ハヅキがとっさに止めようとするが、デブリは彼を振り払い、ルノにボーガンを向ける。

ルノは迎撃しようとしたが、彼が動く前に、今まで静観していたスラミン、ロプス、黒狼が動きだした。

「ぷるぷるっ‼」

「キュロロッ‼」

「ウォンッ‼」

「う、うわぁっ⁉　化け物ぉっ‼」

三体の魔物がルノを庇うように前に出た瞬間――怯えて手元が狂ったのか、ボーガンを構えていたデブリの指先に鏃が触れた。

デブリは自分の指に見て、呆然とする。

「あっ……さ、触っちゃった」

「王子ぃっ⁉」

「はあっ⁉」

デブリは顔色を真っ青にして、ボーガンを地面に落とすと、そのままゆっくりと膝を突いて地面に倒れてしまった。

彼のもとに、森人《エルフ》族達が慌てて駆けつける。

「王子っ‼　大丈夫ですか王子っ⁉」

「う、うえぇっ……し、死ぬぅっ……‼」

「なんて馬鹿なことを……おい‼　誰か解毒薬は持っていないのかっ‼」

「は、はい‼」

荷物役と思われる青年が、背中に抱えていた袋の中身をあさる。しかし、肝心の解毒薬が見つからず、中身をすべて外に放りだした。

「ど、どういうことだっ⁉　どうして解毒薬がないんだっ‼　ここに確かに……」

「あっ……も、申し訳ありません‼　実は王子が、喉が渇いたと言って全部飲み干してしまったようで……」

「「「なんだとぉおおおっ⁉」」」

「ええっ……」

回復薬よりも貴重な解毒薬を、飲み物代わりに飲んだというデブリ。森人族《エルフ》達が驚愕の声を上げるなか、ルノはコントのようだと思いつつ呆れてしまうのだった。

×　×　×

「――で、戻ってきたわけですか」

「いや、この人達が勝手について来てさ……」

数分後、ルノは森人族《エルフ》の集団を連れて、リーリスの待つ泉に戻ってきた。彼女はすでに狼達の治療を終え、黒狼の子供達と戯れていた。

「お願いします‼　どうか王子の命をお救いくださいっ‼」

毒に侵されたデブリを抱えたハヅキが、リーリスに治療を懇願する。

事情を知らないリーリスは、そもそも森人族《エルフ》がここにいるのが理解できなかった。王子が毒に侵されることになった経緯を説明され、彼女は呆れていた。

「自分の毒矢で倒れるなんて……噂には聞いていましたが、本当に馬鹿王子ですね」

「なんだとっ!!　侮辱《ぶじょく》する気かっ？」

「口の利き方に気をつけてくださいよ。私が治療を断れば、王子の命はないんですよ？」

「ぐぅっ……」

リーリスはデブリのことを知っていたらしい。

デブリは、すでに毒で肌が紫に変色し始めていた。

彼の毒は魔物用のもの。強力だが遅効性なのですぐ死ぬようなことはない。ただし、放置すれば命はないのは確実だった。

ハヅキが必死に頼み込む。

「頼む!!　どうか王子に『状態回復《リフレッシュ》』をかけてくれっ!!」

「『状態回復《リフレッシュ》』？」

ルノがそう口にして首を傾げると、リーリスが説明する。

「体内の毒を排出する回復魔法です。病気にも有効なんですよ」

「リーリスは扱えるの？」

「もちろん。だけど、他国の王子を勝手に治療したら、いろいろ面倒な事態になりそうですからね。どうしましょうか？」

「おのれっ‼　王子を見捨てる気かっ⁉」

リーリスが治療を拒んだと判断し、護衛の一人が剣を引き抜こうとする。

「「「ウォンッ‼」」」

すると、狼達がリーリスを守るように吠えた。

ロプス、黒狼のボスも睨みつけている。

護衛の森人族《エルフ》はさすがに多勢に無勢と判断し、悔しげな表情を浮かべながら跪《ひざまず》いた。デブリがつらそうに声を上げる。

「ううっ……く、苦しいっ……た、助けてぇっ……‼」

「王子、しっかりしてください‼」

「頼む、治癒魔導士殿‼　どうか王子の治療を早く……‼」

森人族《エルフ》のリーリスに頼み込む。

リーリスはこの期に及んでも乗り気ではなかった。

「そう言われましても、私もだいぶ魔力を消耗していまして……仮に魔法を使用しても完全には解毒できませんよ？」

「そ、それでも構わないっ‼　どうかお願いします‼」

「仕方ないですね。ただし、治療を終えたら私達の言うことを聞いてもらいますよ。いいですね？」

「わ、分かりました……」

リーリスに、森人族《エルフ》達は頷いた。

彼女はデブリを仰向けにすると、彼の身体から上着を剥ぎ取り、上半身を露わにさせた。

回復魔法は素肌に直に触れるのが効果的らしく、リーリスはデブリの背中に直接手を添えて魔法名を唱える。

『状態回復《リフレッシュ》』

「ほああっ!?」

「王子!?」

リーリスの手のひらから白い光が放たれた。

白い魔力の塊がデブリの身体に沁《し》み込んでいく。紫に変色していたデブリの全身が徐々に戻っていく。リーリスは額の汗を拭いて立ち上がる。

「これで治療は終わりです。しばらくしたら、念のため解毒薬を服用したほうが良いですよ」

「おおっ……感謝するっ!!」

「王子!!　ご無事ですかっ!?」

「あ、ああっ……身体が動くっ!!」

歓喜する森人族《エルフ》に続いて、デブリはすくっと起き上がった。そして、自分の身体が自由に動くことに涙を流した。

ほかの森人《エルフ》族達も安堵の息を吐く。もしデブリが命を落としていた場合、護衛を任された彼らも無事では済まず、処刑されていた可能性が高い。

リーリスが森人《エルフ》族達に告げる。

「それではさっきの約束通り、私達の言うことを聞いてもらいますよ。まずはこの森に入った理由を……」

「ふ、ふんっ!!　身体さえ動ければお前らなんかに従う必要なんてないっ!!　ハヅキ、こいつらを捕まえろっ!!」

「お、王子……」

先ほどまでの態度を一変させ、デブリはルノ達の捕獲を命じる。

彼らの周囲には、黒狼の集団、サイクロプス、さらにはたった一人で部隊を蹴散らしたルノがおり、護衛部隊の手に負える相手ではない。

デブリはさらに続ける。

「何してるんだお前達っ!!　僕の命令が聞けないのかっ!?　まず、そこの男を捕まえろっ!!　それと、ペットにしようと考えていたあのでかい狼、あいつはもういらないぞっ!!　女は……まあまあ可愛いから僕の従者になるなら許してやろうかな?」

「うわ、気持ち悪いっ……」

リーリスが心底嫌そうな顔をして言う。

「お、落ち着いてください、王子‼　彼らは命の恩人ですよ⁉」

「うるさいうるさいっ‼　僕の命令を聞けないのか⁉　早く捕まえるんだっ‼」

駄々《だだ》っ子《こ》のように喚きだしたデブリに、森人族《エルフ》達は困り果てた表情を浮かべる。ルノもリーリスも呆れていた。

リーリスがルノに指示する。

「仕方ないですね。ルノさん、いえルノ助さん‼　やっておしまい‼」

「時代劇かっ‼　じゃあ、遠慮なく……」

ルノが手を構えると、ハヅキは慌てて弁解する。

「ま、待ってくれ‼　我らは争う気は……‼」

「何をしているハヅキ⁉　僕に逆らうと父上に言いつけるからなっ‼」

デブリはまったく退く気がなく、護衛部隊に指示を出す。だが、ほかの森人族《エルフ》も誰一人として従おうとしなかった。

「王子‼　いい加減にしてくださいっ‼　ここは退くべきです‼」

「な、何を言ってるんだ？　人間なんかの命令を聞けと言う気かっ⁉　そんなの僕には我慢できないっ‼」

「ですが、彼らは命の恩人です‼　恩を仇で返すような真似は掟に反しますぞっ‼」

ルノが疑問に感じ、リーリスのほうを見る。

「掟？」

「森人族《エルフ》の間では、恩人には必ず報いるという掟があります。掟というよりは、私達で言うところの法律に近いですね」

王子の命を救ってくれたルノ達に剣を向けるのは、恩を仇で返す行為であるに間違いない。しかし、よりにもよって恩を受けた本人が恩を仇で返そうとしていた。

「いいから早くその男を捕まえるんだっ!!　こいつのせいで僕は死にかけたんだぞっ!?」

「いや、それは王子が自分の毒矢で……」

「う、うるさいっ!!　父上に言いつけられたいのか!?　早くそいつらを捕まえろ!!」

「し、しかし……!!」

すると、今まで傍観していたロプスが咆哮した。

「キュロロロロッ!!」

そして、デブリに近づきそのまま持ち上げると、自分の顔に近づける。

「わああっ!?　た、助けてぇっ!!」

「王子!?　この化け物めっ!!」

護衛部隊が剣を抜き、ロプスに斬りかかろうとする。だが、ロプスが巨大な目で睨みつけると、全員の身体が恐怖で硬直してしまった。

サイクロプスにつかまれたデブリもまた、身体が硬直してしまう。

「キュロロロロッ……!!」

「ひぃいっ!? ご、ごめんなさいっ!! 許してぇっ!?」

情けない声を上げるデブリに、ルノは近づき詰問する。

「じゃあ、もう俺達に手荒な真似はしないと誓いますか?」

「ち、誓う!! だから許してくれぇっ!!」

「嘘をついたら許しませんよ?」

「や、約束するからっ!! もうお前達に手は出さないっ!! 慈母神《じぼしん》アイリス様に誓う!!」

「……アイリス?」

森人族《エルフ》に伝わる神の名前を告げたデブリに、リーリスは反応する。

ルノがほかの森人族《エルフ》に視線を向けると、彼らももう襲いかかってくる気配はなかった。ルノはロプスに命じ、デブリを降ろさせる。

「ぎゃあっ!?」

「王子!!」

ロプスがデブリを手放した瞬間、護衛の森人族《エルフ》が駆けつけて彼を抱え、怪我がないことを確認する。

リーリスは呆れたように肩をすくめた。

「もういい加減帰ってくれませんか？　エルフ王国としてもバルトロス帝国と問題を起こすのはまずいでしょう？　今回の件は見逃してあげますから、もう二度と来ないでください」

「ぐぅっ……!!」

「それと、この森を管理しているといろんなところで言ってるみたいですけど、ここは帝国の領地です。帝国の人間ではないあなた達が何を言おうと、この森に許可なく侵入している時点で国際問題なんです。あと、ついでに言ってしまいますが、最近の一角兎の大量発生、あれって、あなた達が関与してますよね？」

「え？　どういうこと？」

ルノが尋ねると、リーリスは独自に調査を進めていたという推測を話す。

「この森には元々一角兎が生息していたんです。だけど、最近いっさい見かけなくなりました。代わりに、帝国の草原で大量の一角兎が出現するようになっていましたが……どうやらそれを引き起こしたのが、エルフ王国みたいなんです」

「な、何を根拠にっ!!」

「我らが何をしたというのだ!!」

リーリスの推測に、森人族《エルフ》は抗議の声を上げた。ルノは、先日の帝都の北側の草原に出現した一角兎の大群を思いだす。

リーリスはさらに続ける。

「どうして草原に一角兎が大量発生したのか……この森に生息していた一角兎を、エルフ王国が草原に追い払ったんです。ちなみにそのせいで生態系が乱れ、複数の魔物の亜種が誕生しています」

「え、じゃあ、俺が遭遇した魔物も……」

ルノは、コボルトやゴブリンの亜種の姿を思いだした。亜種が誕生した原因も森人族《エルフ》の仕業であるのならば大きな問題である。

ハヅキが顔を真っ赤にして言う。

「い、言いがかりはよしてもらおうか!! いくら命の恩人といえども、我らを犯罪者呼ばわりするのは許さんぞっ!!」

すると、リーリスはこの話の核心部分を話す。

「なぜ、エルフ王国は帝国領の西の森にこだわるのか。ずっとおかしいと思っていたんですけど、この森で豊富に採れる薬草や解毒草のために、邪魔な一角兎だけを追い払ったんじゃないですか?」

「え? どういうこと?」

「一角兎の好物は薬草です。獰猛な魔物のくせに草食で、好物が薬草なんですよ。だから、一角兎を追いだして、森にある薬草を独占しようとしたんじゃないでしょうか?」

「でたらめだっ!! 何を根拠にそんなことを……!!」

リーリスの推測にハヅキは激昂《げきこう》した。だが、帝国周辺で起きていた状況から考えると、不思議とすべての辻褄《つじつま》が合っていた。

「一角兎をどうやって追いだしたのかは知りません。でもこれが事実なら、国際問題どころじゃないですよ。他国の領土に侵入し、魔物を誘導して混乱を引き起こし、回復薬の原料となる薬草の勝手に採取していたんですから。戦争の引き金にもなり兼ねませんね」

「いい加減にしろっ!! それ以上、我らを愚弄するようなら……!!」

ハヅキがそう言うと、リーリスは平然と言い返す。

「やりますか？ でも自分達の立場を理解したほうが良いですよ」

「キュロロロロッ!!」

「「ウォオオンッ!!」」

「ぷるぷるっ（威嚇）」

周囲の魔物達がリーリスの言葉に反応して咆哮を放った。デブリは怯えた表情で、ハヅキに告げる。

「や、やめろハヅキ!! 殺されるぞっ!?」

「はっ……おい、武器を収めろ」

ハヅキは、弓矢を手に取っていた護衛達に命令する。

リーリスが淡々と言う。

「まあ、あくまでも私の予測でしかないです。だけど、この森にあなた達がいたという事実は消せません。自国に戻ったら覚悟しておいてくださいね？ もしも証拠が残っていたら今度の大国会議はさぞかし賑わうでしょうから」

「「…………」」

リーリスの発言に、森人《エルフ》族は苦虫《にがむし》を噛み潰したような表情を浮かべた。

言いたいことをすべて出してすっきりしたのか、リーリスは笑みを浮かべてルノを振り返る。

「それじゃあ、私達は本来の用事に戻りましょうか。あ、あなた達はもう帰っていいですよ。本当なら拘束するほうが良いんでしょうけど、一応は。でも、他国の王子を捕まえたとなるといろいろと面倒ですからね」

「くっ……今回のこと、忘れないぞっ!!」

「帰り道はお気をつけて〜」

リーリスの挑発するような言葉に、デブリは一言そう吐き捨てると、悔しげな表情を浮かべて去っていった。

その後ろ姿を見て、ルノは本当に彼らを見逃して良いのかと不安を抱いたが——そんな彼を安心させるようにリーリスが言う。

「大丈夫ですよ。私に任せてもらえば、上手くいきますから」

「あ、うん……」

「それよりも、この子達にお土産をたくさん持ってきたことを伝えなくていいんですか？　ずっと会いたかったんでしょう？」

リーリスの視線の先には、ロプスや黒狼達がいた。リーリスの言う通り、そもそもルノ達がここに来た目的は、彼らに食べ物を届けてあげることだった。

ルノは表情を緩めて言う。

「そうだったね。皆!!　いっぱい食べ物を持ってきたよ～」

「「「ウォオオンッ!!」」」

「キュロロロロッ!!」

「ぷるぷるっ♪」

ロプスと黒狼の群れが歓喜の声を上げ、スラミンは「ぷるぷるだんす」を披露する。

ルノは泉のほとりに停めていた「氷塊」の大型自動車に載せてきた食料品を、魔物達に振る舞うのだった。

×　×　×

数時間後、ルノが作ったキャンプファイヤーをみんなで囲んだ。

ロプスと黒狼達は楽しげに談笑する。言葉が通じなくても意思疎通はできるらしい。ロプスの周囲には、小型の黒狼が群がっていた。

「クゥ～ンッ」

「ウォンッ」

「キュロロロッ♪」

スラミンを抱えたルノは、魔物達が仲良さげに接しているのを見ていた。

「楽しそうだな……仲が良くなって良かった」

「ぷるぷるっ」

一方、リーリスは大型の黒狼に張りつき、虫眼鏡越しに身体を調べている。

「ほうほう、初めて見ましたが、この子も亜種のようですね。外見は普通の黒狼と変わりないという点は一角兎と巨大兎と共通している……興味深いですね」

「クゥ〜ンッ……」

困っている黒狼を見て、ルノがリーリスに言う。

「あのリーリスさん……ルウが困っているからほどほどにしてくれません？」

「おっと、これは失礼しました。ですけど研究者として、この森に棲む魔物には興味があったんですよ」

大型の黒狼には「ルウ」と名前をつけた。ちなみに、リーリスが子供の頃に飼っていた犬の名前から取った。

ルノはキャンプファイヤーの火を見つめながら、リーリスに尋ねる。

「ねえ、リーリス。あの人達、本当に見逃して良かったの？」

「まあ、しょうがないですよ。ああは言いましたけど、帝国としても、今は他国との戦争は避けないといけませんからね。捕まえたいところですけど、そんなことをしたら、エルフ王国との戦争に発展しかねません」

「そんなにまずい事態だったんだ？」

「エルフ王国の国王は親馬鹿で有名ですからね。自分の子供が危険に晒されたと知ったら、数万の軍隊を率いて襲いかかってきますよ」

帝国の兵士の総数は百万を超えるが、森人族《エルフ》は魔法の力が優れている。

数で勝ろうとも、戦争となればただでは済まない。森人族《エルフ》は六種族の中で魔法に特化した種族であり、過去の対戦において帝国はエルフ王国の魔法に苦しめられてきた。

「あんな馬鹿でも、王子であることに変わりありません。今のバルトロス帝国は国力が消耗していますから、戦争は避けなければなりません。まあ、戦争なんて起きないほうが良いことなんですけどね」

「そっか……こっちの世界では、普通に戦争が起きるのか」

「私達が元いた世界もそんなに変わりませんよ。人間という種は争い合う生き物なんですよ、きっと。くわばらくわばら……」

本人は忘れがちだが、ルノが今いるのは異世界で、平和な日本ではない。

この世界では頻繁に戦争が起き、リーリスは何度も戦場に赴いたという。その際、数多くの負傷者の治療をし、助けられない者も大勢いたらしい。

「何か暗い話になってきましたね。もうやめましょうか、この話は」

「クゥ～ンッ」

「うわわっ……ちょ、顔はやめてください顔は……いやんっ」

表面上は明るく振る舞っているが、リーリスは少し気落ちした様子だった。そんな彼女の気持ちを察してか、ルウはその顔を舐めていた。

ルノは、自分の手を見つめる。

もし、勇者として認められていたのなら、積極的に戦地に出ていたのだろうか。

「あ、そういえば忘れてたけど、魔王軍というのはどういう存在なの？　この世界に召喚されたときに帝国に敵対する組織だと聞いてたけど……」

「テロリストみたいなものですね。これまで出現した魔王軍を名乗る輩《やから》は、魔人族《デーモン》が大半でしたけど、別にすべての魔人族《デーモン》が帝国に敵対しているわけではありませんよ」

リーリスによると、魔王軍は帝国領内で幾度も破壊工作を行っているという。ただし、被害を受けているのは私腹を肥やした領主や貴族であり、どちらかというと義賊《ぎぞく》に近い存在らしい。

「魔王軍が敵対しているのはあくまでも帝国で、民衆には被害を出さないことを信条としているようです。でも、魔王軍に殺害された者はすでに数千人を超えます。その全員が帝国軍人や貴族ですが……」

「魔王の目的とかは判明していないの？」

「分かりません。魔王軍を捕らえたことはありますが、全員自害しています。そういえば、デキンも魔王軍とつながりがあったことは間違いないですね。例の『人化』の魔道具も、魔王軍が所有していた可能性が高いです」

「ふむ……」

ルノは、魔王軍に遭遇したことはない。魔王軍は帝国に被害を与えている一方で、一部の民衆からは支持されているという。

単純に帝国に敵対しているだけではないように感じられた。

「まあ、魔王軍の問題は帝国に任せましょう。私達は元の世界に戻る方法を気長に探しましょうか」

「そうだね……いや、リーリスさんは帝国軍人でしょ？」

「給料分はちゃんと働いていますよ」

帝国と関係がないように語ったリーリスに、ルノはツッコミを入れた。

とはいえ、彼女は帝国に所属しているだけで、別に忠誠を誓ったわけではないらしい。

リーリスが空を見ながら告げる。

「さてと、そろそろ帰りましょうか。もう夜になりますし……」

「そうだね。じゃあ、また明日も来るから、皆は仲良くしててね」

ルノの言葉にロプス達が返事をする。

「キュロロッ‼」

「「「ウォンッ‼」」」

「ぷるぷるっ」

明日も訪れるという彼の言葉で、別れを惜しむ様子はなく、見送りの準備をしてくれた。

ルノがいつものように「氷塊」の魔法で氷車を生みだそうとしたとき、リーリスが何かに気づいたように驚きの声を上げる。

「ん？　これは……」

「え？　どうしたの？」

「いえ、私の能力に生物の存在を感じ取る『生物感知』と呼ばれるものがあるんですけど、あちらのほうで反応があったので……」

「ぷるぷるっ‼」

リーリスの言葉に反応するように、スラミンがルノの肩に飛び乗った。スラミンは何かを伝えようとしているのか、激しく身体を震わせる。

ほかの魔物達も異変を感じたようだ。ルウは牙を剥きだして周囲を睨みつけ、ロプスは警戒したようにルノとリーリスの前に立つ。

「キュロロロッ‼」

「ど、どうしたのみんな？　いったい何が……」

「これは……まずい!!　伏せてくださいっ!!」


「――風の精霊よ!!」


突如として突風が吹き荒れた。泉を中心に竜巻が発生し、ルノ達は台風の目の中にいるような形となり、強風に取り囲まれてしまった。

「な、なんだっ!?」

「これは……まずいですね。森人族《エルフ》の精霊魔法ですよ!!」

「森人族《エルフ》……!?」

ルノとリーリスを守るように、ロプスが二人を抱え込み、ルウのもとに小型の黒狼が集まって身体をすり寄せる。

「キュロロロロッ!!」

「グルルルルッ……!!」

ルノはスラミンを抱えながら、自分達を取り囲む竜巻に視線を向ける。

そして、徐々に範囲が縮小していることに気づく。

自分達がいる位置にまで竜巻が縮まってくるのは時間の問題だった。彼は手を構えて魔法を放つ。

「この……『風圧』!!」

「あ、だめですっ⁉」

ルノは竜巻を吹き飛ばすために風属性の魔法を放った。

リーリスが制止の言葉をかけたが、すでに魔法は発動され、ルノの手から強化スキル「暴風」によって威力が増大した突風が放たれる。

その「風圧」が竜巻に触れた瞬間——吸収されるように消えてしまった。

「うわっ⁉」

「はうっ⁉」

「キュロロッ……⁉」

竜巻の規模が一気に縮まり、ルノ達に強烈な風が押し寄せる。

混乱するルノに、リーリスは説明する。

「精霊魔法は、非常に強力なんです。同属性の砲撃魔法や初級魔法程度なら、あんなふうに吸収されてしまうんですよ!!」

「なら、別属性の火属性の魔法で……」

「だめですよ!!　こんな強風の中で火属性の魔法なんか使ったら、暴発してしまうかもしれません!!」

竜巻の中で火属性の魔法を使用した場合、周囲から押し寄せる風で、火がコントロールできなくなってしまう可能性があるという。

ルノは別の手段を考えることにした。「電撃」の魔法は風属性と相性が悪く、攻撃能力がない「闇夜」や「光球」は論外。残されたのは、「土塊」と「氷塊」の魔法だった。

「みんな集まれ!!」

「「「ウォンッ!!」」」

ルノが声をかけると、全員が周囲から押し寄せる風に耐えながら彼のもとに集まる。

ルノは上に視線を向けた。竜巻ははるか上空にまで伸びている。これでは氷車で上から逃げることはできないだろう。

追い込まれたルノは手を地面に構え、最後に残された魔法を発動させた。

「『土塊』!!」

全員を取り囲むように地面を盛り上げる。

しかし、これでは竜巻から守る防護壁としては心許ない。ルノはさらに「氷塊」の魔法を発動し、周囲を取り囲む土壁を凍結させた。

「おおっ!!　まるでシェルターですね!!」

リーリスの言う通り、竜巻から身を守るシェルターを生みだしたのだ。

「土塊」と「氷塊」を組み合わせた氷壁は、押し寄せる風を物ともしなかった。ルノは「光球」の魔法を発動して内部を照らすことにした。

「……ふうっ、ひとまずは大丈夫かな」

「そうですね。それにしてもまさか初級魔法をこんなふうに使うなんて……さすがはルノさんです」

「キュロロッ♪」

「ウォンッ!!」

「ぷるぷるっ」

主人が褒められたことに、魔物達は喜びの声を上げた。ただし密閉された空間なので、彼らの鳴き声はよく響いた。ルノとリーリスは耳を押さえる。

「しかし困りましたね。このまま外に出たら、私達はミキサーに放り込まれたようにぐちゃぐちゃになりますよ」

「スラミンあたりは弾け飛んで消えそうだな……」

「ぷるぷるっ」

ルノの発言にスラミンは怯えて身体を震わせた。

ルノが作りだした氷のシェルターの外では衝撃音が響き渡っている。外側では激しい竜巻が未だにあることは間違いない。

このままではシェルターが限界を迎えて破壊される可能性もある。

だが、だからといってうかつに外に飛びだすのは危険だった。ルノは思いつきを口にする。

「『土塊』の魔法で抜け穴でも作って逃げる？」

「う～んっ……これだけの人数だと、相当大きな抜け穴を作らないといけませんね。唯一救いがあるとすれば、相手にも私達の姿が見えないということです」

普通の氷壁ならば丸見えになるが、「土塊」の魔法で盛り上げた土を凍結させたことで、外部からルノ達の姿が見られることはない。天井部分から覗き込まれる可能性もあるが、すでに竜巻はシェルターを取り囲むように吹き荒れているため、この内部に普通の人間が入り込むことはできなかった。

「ルノさんの魔法で脱出できないんですか？　ここは一つ、ロケット型の『氷塊』を作りだすとか……」

「できると思うけど、上手く飛べるか分からない。こんなに強い風が当たる場所で飛んだことはないし……」

「まったく面倒ですね!!　あの森人族《エルフ》達、せっかく見逃してあげたのに許しませんよっ!!」

「やっぱり、あの人達のせいなのかな？」

襲撃者は、森人族《エルフ》の集団だとリーリスは予想する。

強力な魔法でこちらを一網打尽にするつもりなのか、竜巻で退路を断ち、さらに攻撃を行っている。相当優秀な魔術師が出そろっていると考えるべきだろう。

「この竜巻は苛つきますが、腐っても魔法に特化した種族ですからね。正攻法で破るのは難しいでしょう」

「リーリスの魔法でどうにかできないの？」

「私は戦闘タイプじゃないので……」

「しょうがない……それなら魔法じゃなくて魔術師の人達のほうをなんとかするか」

「え？　どうやってですか？」

ルノはリーリスの説明に答えず、手を差しだしてデキンが装備していた鬼武者を思いだす。そして、自分の身体に手を押し当てた状態で「氷塊」を発動させ、全身に鎧の形状の氷をまとわせる。

「これで良し」

「おおっ、それは鬼武者の真似ですか？」

「キュロッ!?」

「ウォンッ!?」

「ぷるんっ？」

氷鎧《ひょうよろい》はルノの身を守るだけではなく、彼の意思で変形や移動が自由に行える。顔は硝子のように透明度が高い氷で覆っているので、視界が奪われることもなかった。

もっとも、完全に密封しているので長時間の使用はでいない。早急に行動を開始する必要があった。

「じゃあ、行ってきま～す」

「え、行くって……うわぁっ⁉」

氷鎧を身に着けたルノは地面に両手を構えると、腕の部分の鎧を変形させて手を露出させた。そして「土塊」の魔法を発動して地面の中に自分の身体を潜り込ませ、地中からシェルターの外部へと潜り抜ける。

「とうっ‼」

「っ……⁉」

竜巻の範囲外に抜けだすことに成功したルノが地面から出現すると、周囲の樹木の陰から驚いた反応があった。

「か、風の精霊よっ‼」

「うわっ……」

氷のシェルターを取り囲んでいた竜巻が消散し、代わりにルノを取り囲むように小規模の竜巻が誕生する。

ルノは吹き飛ばされないように氷鎧を地面に固定し、正面から襲いかかる暴風を耐えしのぐ。

「ば、化け物めっ‼」

「馬鹿っ‼　集中を乱すなっ‼」

「攻撃に専念しろっ‼」

周囲から聞き覚えのある声が響き渡る。ルノは相手の正体を確かめようと、氷鎧をゆっくりと移動させる。

全身に凄まじい風が放たれるが、それでも氷鎧が破壊されることはなく、彼の意思通りに動く。

やがて竜巻が通用しないことに気づいたのか、周囲に隠れていた森人族《エルフ》の集団が姿を現す。

「ちっ……精霊魔法が効かないとは」

「だが、一人で抜けだしてきたのが運の尽きだ!!」

「訳の分からん魔法を使いやがって……それなら直接破壊するだけだっ!!」

武器を構えて現れた森人族《エルフ》の集団に、ルノは苛立ちながらも向かい合う。森の奥からデブリ、そしてなぜか植物の蔓《つる》で身体を拘束されたハヅキが姿を現した。

デブリが声を荒らげる。

「は、早くそいつをどうにかしろっ!! 僕を馬鹿にしたこと、絶対に許さないんだからなっ!!」

「ぐぅっ……す、すまない、少年よ……私では止められなかった」

傷だらけの状態で拘束されているハヅキの姿を見て、ルノは驚愕した。

「どうしてハヅキさんが怪我を……」

ルノが疑問を口にすると、デブリが告げる。

「こ、こいつが臆病者のせいでこうなったんだ!! 人間でも命の恩人だから見逃そうなんて言いだしたから悪いんだぞ……!!」

「ぐうっ!?」

ハヅキは今回の行動に反対したらしく、それが原因でほかの者に反感を買い、痛めつけられて拘束されたようだ。これまでの行動から森人族《エルフ》が人間を見下しているのは分かっていたが——

ルノは激しい怒りを抱く。

「す、すまない……私ではこの者達を止められなかった」

「まだしゃべるのか!! この臆病者めっ!!」

「やめろっ!!」

「ひぃっ!?」

取り押さえられたハヅキを森人族《エルフ》の一人が蹴ろうとしたが、ルノが怒鳴りつけると怯えた表情を浮かべて、慌てて仲間の後ろに隠れる。

これではどちらが臆病者か分からず、ルノは周囲の森人族《エルフ》を睨みつける。

「見逃すと言ったのに……まだ戦うつもりですか？」

「な、舐めるなよ!! さっきの我らと一緒にするな!! お前と会ったときは王子の新しいペットを探すための狩猟用の装備だったが、今回は戦闘用の装備だ!!」

「先ほどのように上手くいくと思うなよ!!」

その言葉通り、最初に遭遇したときと違って、彼らは木製の鎧と木刀を身に着けていた。

外見はお粗末《そまつ》だが、彼らは自信に満ちた表情をしている。手には、透明のガラス玉のような物を取りつけた木刀を構えていた。

ルノは彼らが装備しているのが風属性の魔石だと悟り、普通の木刀と考えないほうが良いと判断する。

「……そんな木製の武器で俺に勝てると思ってるんですか？」

「な、なんだと⁉」

「貴様‼　我らだけでなく、世界樹から作りだされた神聖な武器を愚弄するか‼」

ルノがあえて彼らの装備を馬鹿にすると、案の定、彼らは怒りに冷静さを失った。だが、この場で一番怒っているのはルノだった。

ハヅキの一件が許せなかったのだ。彼は、氷鎧姿で接近していく。

「もう許しません……全員、捕まえます‼」

「ひぃっ……は、早くなんとかしろっ‼」

「「「突撃っ‼」」」

デブリの命令で周囲を取り囲んでいた護衛部隊が動きだし、木刀に小規模の竜巻をまとわせて突っ込んでくる。

彼らの装備している木刀や鎧は、「攻強樹《こうきょうじゅ》」という世界樹を品種改良した木から削り取られたものので、衝撃に強い。風属性の魔石と組み合わせることで、風の魔力を竜巻のようにまとわせながら攻撃することができた。

「はああっ‼」

「ふんっ」「ぬあっ⁉」「うわっ⁉」

「ば、馬鹿なっ⁉」

真っ先に斬りつけてきた森人族《エルフ》に対して、ルノは動かずに木刀を氷鎧越しに正面から受け止め、片手を動かして振り払う。

木刀が衝突した際、竜巻は確かに氷鎧に触れたが、鎧の表面には掠り傷一つつかず、簡単に弾き返されてしまった。

予想外の氷鎧の硬さに森人族《エルフ》は動揺し、自分達の武器が通じないほどの防御力をルノが持っているとは考えていなかった彼らは、唖然とした表情で固まった。

「どうしました？　まさか、それで終わりですか？」

「な、舐めるなっ‼」

「頭だ‼　頭を砕けっ‼」

頭部の装甲が薄いと判断した数人が上空に跳躍する。数人同時に木刀をルノの頭に叩き込むと、周囲に強烈な衝撃波が広がった。

直後、その風に吹き飛ばされ、数人の護衛が落下していった。

「うわぁああっ⁉」「はあっ……」「そ、そんな……⁉」

「な、何をしてるんだ⁉　ふざけている場合じゃないだろう⁉」

「すごい……‼」

ルノが何もしていないのに、吹き飛ばされた護衛達の姿に、デブリは焦り声を上げ、その一方でハヅキは魅入られるように目を見開いた。

ルノは淡々と告げる。

「もう……満足しましたか？」

「ば、化け物め……!!」

「だ、だめだ……我々では勝てんっ!!」

「くそっ……これだけは使いたくなかったが、王子!!　奴を使いましょう!!」

護衛達全員がデブリを振り返り、彼に嘆願するように視線を向ける。

「ええっ!?　だ、だってあいつは最後の手段だって……」

唐突に話しかけられたデブリは、驚愕と不安の入り混じった表情を浮かべた。が、護衛の一人が怒鳴りつける。

「いいから早く!!　このままだと皆が殺されますよっ!!」

「ひぃっ……分かったよっ!!」

デブリは情けない声を上げた。それから首に下げていた犬笛のような物を取りだすと、大きく息を吸い込んで吹きつけた。

ルノの耳には何も聞こえなかった。しかし、周囲の森人族《エルフ》は細長い耳を両手で押さえ、苦痛に耐えるようにしている。

「――ブモォオオオッ……!!」

突如として、牛の鳴き声のような咆哮が響き渡った。

デブリ達の後方から、巨大な生物が現れた。牛の頭に人間の胴体を持つ人型の化け物である。その姿を見た瞬間、森人族《エルフ》は歓喜の声を上げ、デブリは笑い声を上げる。

「あ、あははははっ!! いくらお前が化け物でも、ミノタウロスには敵わないだろっ!? 降参するなら今のうちだぞ!?」

「ミノタウロス……？」

ルノが唖然としていると、ハヅキが声をかける。

「い、いかん!! 逃げるんだルノ殿!! そいつだけは……」

「ブフゥウウウッ!!」

ミノタウロスは鼻息を荒くしながら、デブリに視線を向けた。デブリは顔を引きつらせながら、命令を下す。

「な、なんだその目は……僕がお前の飼い主なんだぞ!! 逆らうようならまたお仕置きだからなっ!!」

「ブモォッ……!!」

ミノタウロスは、渋々とデブリの前に跪《ひざまず》いた。ミノタウロスは言葉が理解できるくらいに知能が高い。

デブリが勢いよく告げる。

「よし、いけっ!! ミノタウロス!!」

「ブモォオオオッ!!」

ルノに向けてミノタウロスが突進し、凄まじい速度でぶつかってきた。

氷鎧を身に着けたルノの身体が後ずさる。

デブリ達が期待に満ちた視線を向けるなか、ルノは氷鎧を操作して、正面からミノタウロスを抱え込む。

「こっ……のぉっ!!」

「ブフゥッ!?」

ルノは、ミノタウロスの突進を受け止めると、その胴体をつかんで持ち上げた。

鯖折《さばお》りのような状態で抱え上げられたミノタウロスは、ルノの手を振り払おうと暴れる。

しかし、氷鎧を身に着けたルノは驚異的な怪力を誇っていた。「氷塊」により底上げされた膂力は、ミノタウロスといえど引き剥がすことはできない。

「ブモォオオオッ……!!」

「可哀想だけど……大人しくしててねっ!!」

ルノの頭に、何度も拳を叩きつけてくるミノタウロス。ルノはミノタウロスを抱きかかえたまま、「氷塊」を操作するように氷鎧を浮上させる。

「ブフゥッ!?」

そしてある程度の高度にまで到達すると、泉に向けてミノタウロスを投げつけた。

「そぉいっ!!」

「ブモォオオオオオオッ!?」

ミノタウロスの巨体が空中に放りだされ、派手な水飛沫《みずしぶき》を上げて泉に吞み込まれた。

デブリは声を上げることさえできず、愕然としていた。

「そ、そんな!! ミノタウロスまでだめだなんて……」

そこへ、氷鎧を解除したルノが下りてくる。足元には氷板《スケボ》を生成してあり、彼はゆっくりと着地した。

「もういい加減に諦めてください!!」

「ひぃいっ!?」

デブリは逃走しようとするが、ルノはそれを許さない。

「『光球』!!」

強化スキル「浄化」を発動した状態で「光球」を発動させた。デブリの足元の雑草が急速的に成長し、その足に絡みついた。

「えっ……うわあああっ⁉」

「王子⁉」

雑草はルノの意思に応えるようにデブリの身体を拘束し、体勢を崩したデブリは雑草に呑み込まれていく。デブリが苦しまぎれに叫ぶ。

「く、くそっ‼　全員でかかれっ‼」

「やめろっ‼　勝てる相手ではないことはもう分かっているだろう⁉」

デブリの命令に反応しようとした護衛を、ハヅキが一喝する。

流れが変わったことに気づいたルノは、さらに畳みかけるべく両手を掲げた。森人族《エルフ》達に力の差を見せつけるため、「氷塊」を応用して無数の氷刃《ひょうじん》を生みだす。

「はあああああっ‼」

ルノの周囲に無数の氷の刃が生まれ、様々な形の剣へ変化していく。

「う、うわぁっ⁉」

「こ、氷の剣……⁉」

「ば、馬鹿なっ……‼」

無数の剣の刃先を向けられたことで、護衛達は完全に戦意を失った。ルノが優しく語りかけるように尋ねる。

「降参……しますよね？」

「「は、はいぃっ……!!」」

彼らはすがりつくように、そろって土下座した。

「うわあああっ⁉　ふ、服の中にまでぇええっ⁉」

その間にも、デブリは情けない悲鳴を上げながら、伸び続ける雑草と格闘するのだった。


数分後、「土塊」と「氷塊」の魔法で作りだしたシェルターから、リーリス達を解放した。

ルノ達の前で、デブリを先頭に森人族《エルフ》達が土下座している。その中には、泉に落ちたミノタウロスの姿もあった。

「申し訳ありませんでした」

「も、もう許してくれ!!　帰ってやるから……」

デブリの発言に、ルノは呆れて言う。

「帰ってやる？」

「ひぃっ⁉　か、帰ります……!!」

リーリスが厳しく告げる。

「本当に馬鹿じゃないですか、この人？　このまま帰してもらえると思ってるんですか？」

さすがにここまでの罪を犯した彼らを見過ごすことはできず、バルトロス帝国に連れていく必要があった。

「あなた達はこのまま私達と一緒に来てもらいます。自分達の立場をわきまえてください」

「ぐぅっ……!!」

「わ、分かっている……」

デブリにはまだ反省が足りないようなので、リーリスが意地悪する。

「まだ自分の立場を分かっていないようですね？　ロプスさん」

「キュロロロロッ!!」

「ひぃいっ!?」

ロプスが両腕を振り上げると、デブリが情けない声を上げた。

逃げようにも黒狼の群れに囲まれて、頼みの綱のミノタウロスも大人しく座り込んだまま動かない。彼らに抵抗する手段はなかった。

「まったく……悪いことをするからいけないんですよ。あのまま素直に帰っていたら見逃してあげたのに」

「すまない……止められなかった私の責任だ」

リーリスから回復魔法で怪我の治療を施してもらったハヅキが、深々と頭を下げた。ルノがハヅキに尋ねる。

「怪我の具合はどうですか？」

「あ、ああ……もう大丈夫だ。そこの治癒魔導士殿のおかげでな……ありがとうございます」

ハヅキがそう言ってリーリスに礼を言うと、リーリスはハヅキに質問をぶつける。

「いえいえ、ルノさんの頼みですから気にしないでください。一つ聞きたいことがあるんですけど、そもそもなんであなた達はこの森を訪れていたんですか？　もう隠す必要はないと思いますけどね」

「……我々がここに戻ってきた理由は、王子の狩猟の儀式を手伝うためだ」

これ以上の隠し事はできないと判断し、ハヅキは観念したように自分達がこの森に訪れた理由、またそれにまつわる一連の問題をすべて白状した。

×　×　×

森人族《エルフ》は成人を迎えると、「狩猟の儀式」という儀式に臨む。

王族であるデブリもこれは避けられず、護衛を連れて西の森を訪れた。

本来なら単独で森に赴き、自力で魔物を狩猟する神聖な儀式である。持ち込みが許されるのは弓矢の類《たぐい》だけ。

だが、甘やかされて育てられたデブリは、弓矢どころか武器全般の心得がなく、単独で魔物を狩るのは不可能だった。

そのため国王は、護衛に加えて、調教したミノタウロスを同行させた。

また、エルフ王国の領地ではない「西の森」を儀式の場に選んだ。

理由は、黒狼達が生息していたから。エルフ王国にはいないその魔物を、デブリがペットとして欲しがったのだ。

他国で狩猟を行う場合、国家に許可を求める必要があるが、エルフ王国はそれを怠った。

エルフ王国はバルトロス帝国を軽んじており、自分達が西の森の管理を行っているのだから許可は必要ないと判断したのだ。なお、エルフ王国とバルトロス帝国は犬猿の仲で、何度もこの二国は戦争を起こしている。

加えて、エルフ王国は西の森に、貴重な薬草が豊富にあることを突き止めており、バルトロス帝国領であるにもかかわらずその地に手を伸ばしていた。

エルフ王国は、笛の音色で魔物を誘導する神器「魔笛《まてき》」で、薬草を好物とする一角兎をバルトロス帝国の帝都の草原に誘導し、西の森の薬草を採り尽くしたのだ。当然だが、これが表沙汰になれば国際問題になる。

今回、バルトロス帝国がエルフ王国によって被害を受けていることが明らかになった。

バルトロス帝国の草原に、大量の一角兎が流れたことで生態系が乱され、強力な亜種が誕生した。

それにより交易が妨害され、薬草の流通も滞ってしまった。

さすがにここまで来ると、エルフ王国も責任を取らないわけにはいかない——

ハヅキの告白を聞いたルノとリーリスは、エルフ王国にとって重要人物である王子と事情を知る森人族《エルフ》の護衛を捕縛し、彼らを帝都にまで連行した。

×　×　×

デブリと彼の護衛部隊を捕縛してから数日が経った。

バルトロス帝国は、王子であるデブリの身柄を預かっている時点で、エルフ王国は強硬手段が採れないと判断。王子を引き渡す代わりに、エルフ王国が奪取した薬草の返却と賠償金を要求した。

エルフ王国の国王は、最愛の息子を返してもらうためなら仕方なしと、それを呑んだ。

ただし、条件として王子の引き渡し場所を指定した。エルフ王国とバルトロス帝国の領地の境目にある、「白原《はくげん》」という草原地帯である。

皇帝は承諾し、さっそくそれに携わる軍を編成した。ルノは、指定依頼という形で王子の移送の護衛を頼まれた。

5

王子移送の出発日。

百名の兵士と、帝国四天王リーリス、ギリョウ、ドリアが同行することになった。指揮を執るのは、先帝バルトスである。

本来指揮は将軍が執るべきなのだが、バルトスはエルフの国の国王と親交があったため、彼が行うことになった。

バルトスが、集まった皆に告げる。

「では、行ってくるぞ」

「お気をつけて、兄上……お主達もしっかりと任務を果たすのだぞ」

わざわざ帝都の城外まで見送りに来た皇帝の言葉に、護送部隊は敬礼する。

「「「はっ!!」」」

「あ、ルノ殿はあまり張りきりすぎないでいいからのう。できれば、大人しく過ごしてほしいのじゃが……」

「あ、はい」

ルノは、心配する皇帝に頭を下げた。

護送部隊は五つの馬車からなり、それぞれに王子と護衛部隊を乗せている。騎馬が五十名、歩兵が五十名にそれぞれに続く。

白原に到着するまでは、五日かかるらしかった。

「俺の氷車なら一日ぐらいでたどり着けると思うけど……」

「ルノ様に負担はかけられません!! それに、期日は決まっておりますので大丈夫ですよ!!」

「そう?」

「ほっほっほっ……まあ、気長に移動しようではないか。この際、お互いの身の上話をしてみてはどうだろうか?」

ルノの提案を即座にドリアが却下し、ギリョウがなだめるように言う。

王城での騒動以来、ルノはバルトロス帝国の最重要人物とされ、無下な扱いをしてはならないとされていた。

ルノのおかげで、バルトロス帝国の膿《うみ》である大臣の排除に成功しており、彼の功績は計りしれなかった。

「しかし、あの魔物達はよく働いてくれるのう。これなら兵士などいらなかったのではないか?」

「ウォンッ!!」

「キュロロロッ!!」

馬車の窓越しに見える光景に、ギリョウは感心したように頷く。

護送には、ルノが西の森から連れだした黒狼種とロプスも参加していた。彼らは楽しそうに森の外の世界を堪能している。

表向きは、ルノが飼育している魔物を護衛のために用意した、としてある。人間よりも感覚が優れる彼らが一緒なら、安全性が高まると説得したのだ。

実際、サイクロプスやルウが護送に協力するのは、護送団にとってもありがたいことだった。

最初は怖いかもしれないが、魔物が味方についているというのは、不思議な安心感を与えてくれるのだ。

「ぷるぷるっ」

「スラミンも張りきっている。こんなに荒ぶったスラミンは初めて見た」

ルノがそう言うと、リーリスは呆れた反応を示す。

「いや、外見はまったく変わってないんですけど……」

「何言ってるの!! ほら、いつもよりも一・二倍ぐらいにぷるぷる震えてるでしょっ!!」

「だから分かんないですって!!」

「お主ら、ずいぶんと仲良くなったのう」

仲良くするルノとリーリスを見て、ギリョウが楽しそうにしている。

「……ヒロインとしての立場に危機を感じる」

「うわぁっ!? いつからいたんですか、コトネさん!?」

「……最初からいた」

護送にはコトネも同行していた。彼女は依頼を受けたルノのサポートとして、ギルドマスターから同行を許可されたのだ。


馬車が帝都を発ってから数時間が経つ。

ルノはみんなと雑談したり、トランプをしたりしてのどかに過ごしていた。護送団は順調に進んでおり、間もなく草原を抜けて森を通る予定らしい。

「バルトス様、間もなく『青葉《あおば》の森《もり》』に到着します。ここから先は魔物と遭遇する危険性が高いのでお気をつけください」

「うむ。まあ、これだけの面子がおれば大丈夫じゃろう。スリーカード!!」

「すみません、ロイヤルストレートフラッシュです」

「ぬうっ!?」

トランプをしながら兵士の報告を受けたバルトスは、馬車の窓から外の光景に視線を向けた。

この森は「青葉草《あおばそう》」という解毒薬の一種がたくさん採れるため、青葉の森と呼ばれるようになったらしい。

先頭に立って魔物との戦闘を指揮しているのはギリョウで、殿《しんがり》を務めるのはドリア。ちなみにトランプに熱中しているのは、バルトス、リーリス、スラミン、ルノ、コトネである。

「ぷるぷるっ」

「ぐぬぬっ……スライムだから表情が分かりませんね。これだっ‼　あ、ババでした……」

「ぷるるんっ」

「……平和だな」

ここに至るまで、何も問題は起きていない。

トラブルがないのはいいことだが、ここまで上手くいきすぎると逆に違和感を抱いてしまっていた。

トランプしながらルノは尋ねる。

「これからずっと五日間も馬車で過ごすのか……ところで、帝国って飛行船とかなかったっけ？」

「空から移動するのは危険ですよ。飛行船は便利ですけど、ごく稀に竜種が餌と勘違いして襲ってくることがあるんです。まあ、ルノさんなら自力でなんとかできそうですけど……」

「確かにルノ殿なら竜種くらい倒せそうだが……飛行船は荷物の運搬にしか利用されておらんのじゃ」

「そうなんですか」

こちらの世界にも飛行船はあるが、地球とは製造方法が異なる。「浮揚石《ふようせき》」という特別な魔石を利用して飛ばしているのだ。

浮揚石に特殊な加工をすることで重力に逆らって浮かぶことができ、この性質を活かして荷物の運搬に利用されている。

浮揚石は収納石と同様に希少な魔石だ。

加工前の重量が大きいほどに、浮かび上がる力が大きくなるという。

例えば百キロの浮揚石を加工すると、百キロまでの物体を載せて浮かぶことができる。ただし一グラムでも重いと浮揚力を失ってしまうらしい。

重量に関係なく速度は一定で、どれだけ荷物を載せようと、制限重量内ならば速度は変わらない。

また、浮揚石は人為的に操作することが可能であり、浮揚石を操る魔道具も存在する。

「それにしても、ルノさんのワンちゃんはよく働きますね。指示を受けているわけでもないのに軍用犬のように行動していますよ」

「ロプスとルウの様子はどう？」

「あの二匹は後ろのほうからゆっくりついて来てますよ。兵士の方々が自分達を恐れていることに気づいて、気遣っているんでしょうね」

「むうっ……とても信じられん話じゃったが、まさかここまで魔物を飼いならすとは……ルノ殿は魔物使いの才能もあるのではないか？」

「まあ、昔から動物には好かれます」

ルノは地球にいた頃から動物に好かれやすかった。動物園を訪れたとき、動物のほうから近寄ってくることがあった。猫カフェで大量の猫が懐いてしまい、ほかの客から嫉妬の視線を向けられたこともある。

ルノがスラミンに手を向けると、スラミンは嬉しそうに身体をすり寄せてきた。

「ぷるぷるっ……」

「よしよし……あれ、そういえばコトネはどこに行ったんだろう？　さっきまでいたはずなのに……」

「……ここにいる」

天井から声をかけられ、ルノが驚いて顔を向ける。

コトネは背中を天井に合わせた状態でトランプのカードを握っていた。

「うわ、びっくりした‼　なんでまたそんな所にいるの⁉」

「……さっきまで人が多かったから邪魔にならないようにしていた……というか、気づくのが遅い」

「というか、どうやって張りついているんですか？　魔法の力じゃないですよね……」

「企業秘密」

「あの……あんまり奇抜な行動は控えてもらいたいのう。報告に訪れる兵士が驚くかもしれん」

「……分かった」

バルトスの言葉にコトネは降り立ち、ルノの隣に座る。スラミンが彼女の膝の上に移動すると、その場所が気に入ったようだった。


「――プギィイイイッ!!」


突如として豚のような鳴き声が聞こえ、馬車が急停車する。

猪かオークでも現れたのかと、ルノが窓の外に視線を向ける。

「た、大変だっ!! オオツノオークだ!! しかも普通よりもかなり大きいぞっ!!」

「オオツノ……?」

「オークの進化種ですよ。通常のオークよりも牙がやたらと長いやつです」

「なんと……この森にオークが現れるなど初めて聞いたが……」

オークが出現したという報告を受けても、馬車の中の誰一人として慌てることはなかった。

この移送部隊には、腕利きの将軍や兵士がいるだけでなく、ルノが連れているロプスや黒狼の大群が警護をしている。

オークの進化種が現れたところで焦ることはないのだが――強張った表情の兵士が馬車の扉を開いた。

「も、申し上げます!!」

「どうした？　オオツノオークが出現したことはもう知っておるぞ」

「か、囲まれました!!」

「は？」

「恐ろしい数のオークが我々をすでに囲んでいます!!」

「何っ!?」

兵士の報告を聞いたバルトスが驚きの声を上げて、馬車の外に身を乗りだすと、外の光景を確認して唖然とする。

すでに森の中に移動していた五つの馬車の周囲は樹木で囲まれており、その樹木の陰から無数のオークが出現していた。

その数は百を数え、すべての個体がオオツノオークと化していた。

「こ、これは……!?　何が起きておる!?」

「分かりません……急に奴らが現れて、我々を取り囲みました」

「先帝!!　ルノ殿!!　ここは危険じゃっ!!　儂らが囮《おとり》になるから、お二人だけでも逃げてくださされっ!!」

「くっ……まさかオークが待ち伏せていたとは……!!」

ギリョウとドリアが杖を構えてオークを警戒するが、相手側は特に動くこともない。すでに馬車を取り囲んでいた黒狼の群れとロプスとルウに恐れているのか、近づいてこようとしない。

「キュロロロロッ!!」

「ガアアッ!!」

「ウォオオオンッ!!」

「プギィイイイッ……!!」

魔人族《デーモン》のサイクロプスと大型の黒狼が怒鳴りつけると、オオツノオーク達は距離を取る。

人間だけの場合は襲いかかっただろうが、まさか魔物が馬車の護衛をしているとは予想外だったらしい。

オオツノオーク達は、能力的に上回るサイクロプスと黒狼種に、恐れを抱いているようだ。

「すごい数のオークだな……しょうがない、追い払ってくるよ」

「な、ルノ様っ!?　馬車から降りては危険ですよ!!」

「……いや、平気じゃ。ここはルノ殿に任せようではないか」

スラミンを頭に乗せたルノが馬車から飛び降りると、驚いたドリアが彼を引きとめようとしたが、バルトスがそれを止める。

ルノは周囲のオオツノオークに視線を向け、彼らがいる位置を把握してある作戦を思いつく。

「よし……危ないから兵士の皆さんは馬車のほうに下がってください」

「は、はい!!」

「ほら、ロプスとルウ達も下がって……巻き込まれると危ないから」

「キュロロッ？」

「クゥ～ンッ？」

ルノの言葉に兵士達は馬車の内側に移動し、黒狼達も従う。

十分な位置まで全員が避難したのを確認したルノは、実験も兼ねて両手を広げ、オオツノオークがいる樹木や雑草に視線を向けて「光球」を発動させる。

『『光球』‼』

「「プギィッ……⁉」」

「えっ⁉」

「これは……」

十数個の「光球」を一度に生みだしたルノ。将軍や兵士達は驚愕の表情を浮かべ、オオツノオークの群れも疑問を抱いたように鳴き声を上げる。

単体では攻撃能力を持たない「光球」。それを複数生みだし、ある程度の高度を維持したまま滞空させる。

「プギィッ……？」

「ブフゥッ……」

「いったい何を……」

「む、まさか……⁉」

「ほほう、なるほどなるほど……そういうことですか」

周囲に拡散した「光球」に誰もが疑問を持った。

が、ギリョウとリーリス、そして遅ればせながら、ドリアとバルトスもルノの狙いに気づき、デキンを取り押さえたあの魔法を彼が使おうとしていることに気づく。

「これでいいのかな……『浄化』」

「プギャアアアアッ⁉」

ルノが自分のステータス画面を開き、聖属性の強化スキル「浄化」を発動させた瞬間――

光が銀色の輝きに変化した。

森の中の植物が急速的に育ち始め、雑草や樹木に絡みついていた蔓が蛇のように動きだしてオオツノオークの群れに向かっていく。

百体を超えるオークの大群は、銀色の光によって急成長した植物に身体を拘束された。

必死に引きはがそうとしても、千切ったそばから再生した蔓が身体に絡みつき、数秒後には全身を覆われてしまう。

森に現れたオオツノオークの大群が、急速的に成長した植物に身体を捉えられた光景に誰もが唖然とする。

ルノは、「光球」の魔法の新しい使い方を見出す。

「やっぱり野生の植物のほうが影響を受けやすいんだな。回復魔法とは違うけど、これは便利だな」

「な、何をしたのですか？」

「何をしたと言われても……俺自身もよく分からないです」

「浄化」の強化スキルを発動させた「光球」は、なぜか植物を成長させる。

植物は異常に成長し、力強いはずのオークでさえも引き剥がすことができない。単純な腕力ならばルノを上回っていたデキンでさえも、植物に拘束されたときは何もできなかった。

「今のうちに通りましょうか」

「そ、そうじゃな……よし、移動するぞ!!」

「プ、プギィイイイッ……!!」

「光球」が消失した場合、植物がどの程度までオークを拘束する力があるのかは不明だ。馬車は急いでその場を離れた。

後方から無数のオークの鳴き声が聞こえてくるが、追跡してくる様子はない。今のうちにとどめを刺しておくべきだったのかもしれないとルノは思ったが、今は森を抜けることを優先する。

「まさか、この森にあのようなオオツノオークが棲みついていたとは……戻りしだい討伐軍を編成する必要があるな」

「すぐに付近の村や街にも注意勧告を出しましょう。その……あとでルノ様に送り届けてもらってもいいでしょうか？」

「いいですよ」

ルノの「氷塊」の魔法を利用した氷車ならば、簡単に帝都に引き返すことも可能だ。夜を迎えたらオオツノオークが森に出現した報告をするため、戻ることを承諾する。

最初からルノの氷車で待ち合わせ場所に移動するほうが手っ取り早いのだが——さすがにすべての馬車や兵士達の移送を一度に行うことはできない。

「面倒ですね。もう、ルノさんの魔法で、あの馬鹿王子と護衛の人達だけでも運びだしたらどうですか？」

「いや、さすがにそこまでルノ殿に甘えるわけには……」

「でも、今の状態のほうが、ルノさんに迷惑をかけているんじゃないですか？」

「いいよ、リーリス。別に俺は気にしてないし……」

「うっ……」

リーリスの発言に、ほかの人達は複雑な表情を浮かべた。ルノもあえて彼女の発言を強く否定するような言葉は使わなかった。

氷車を利用すれば、一日もかからずにエルフ王国と落ち合う白原を訪れることも可能だ。

だが、ルノは帝国の兵士ではなく、冒険者ギルドから派遣された冒険者である。

すべてを彼に任せることは護衛任務の域を超えており、帝国側としてもむやみに彼の力に頼るわけにはいかない。

「キュロロロッ!!」

「うわっ!? な、なんじゃっ!?」

「こらっ!! 驚かせるんじゃないよ、ロプス!!」

「キュロッ……」

先行していたロプスが唐突に鳴き声を上げて、兵士達が驚いてしまった。ルノが注意すると、ロプスは前方を指差す。

その方向に皆が視線を向けると、道の真ん中で佇む巨大な人型の生物がいた。

「ブフゥウウウッ……!!」

「あいつは……でかいオーク?」

「あれは……ば、馬鹿なっ!?」

「まさか……あれはオークロードですっ!! すぐに引き返してくださいっ!!」

馬車の前方の道を塞ぐのは、通常のオークよりも二倍以上の体長を誇る肥満体の巨大なオークだった。

その姿を見た兵士達は悲鳴を上げ、即座にギリョウとドリアが前に出る。

ロプスやルウよりも巨体のオークは、ゆっくりと歩む。その右手には、樹木を叩き折って作ったと思われる棍棒を持っていた。

「プヒィイイイッ!!」

オークが雄叫びを上げた直後、馬車に向けて走りだした。外見は太っているが、巨体のために歩幅が大きく、一気に馬車との距離を縮める。

それを確認したギリョウが仕込み杖を構え、ドリアも杖を構えて火属性の砲撃魔法を放つ。

「いかんっ!!　こちらに来るぞっ!?」

「ここは私がっ……『フレイムアロー』!!」

杖先から炎の光線が放たれ、オークロードの頭部を捉えようとした。が、オークロードは衝突寸前に上空に跳躍する。

「避けたっ!?」

「なんと身軽な……!?」

「ブヒヒィッ!!」

ドリアの魔法を回避したオークロードが、地面に着地した瞬間——

地震のような振動が伝わる。

その影響で馬車の馬達が動揺して暴れ、それを必死に兵士達が押さえつける。

「ヒィンッ!?」

「こ、こら!!　落ち着くんだっ!!」

「言うことを聞けっ!!」

暴れだした馬に、ルウが怒鳴りつけるような鳴き声を上げる。

「ウォンッ‼」

「ッ……⁉」

馬達はルウの鳴き声を耳にした途端、恐怖で硬直する。それが幸いして、馬達を落ち着かせることに成功した。

オークロードはすでに次の行動に移っていた。

「巨体の割になんと身軽な……だが、捉えられん速度ではない」

「ギリョウ様⁉」

オークロードに向けて杖から引き抜いた刃を構え、ギリョウが地上に着地したオークロードに接近する。その速度は老体とは思えないほど素早く――彼はオークロードの脚に向けて刃を放つ。

「脚を失えば跳ねることもできまい‼」

「ブヒヒッ‼」

しかし、ギリョウが刃を振り抜いたにもかかわらず、オークロードは避けずに右足で受け止める。

表面の毛皮を斬り裂いて血飛沫が舞い上がったが、自分の手の感触にギリョウは目を見開く。

「な、なんだこれは……⁉」

「ブヒヒヒッ……‼」

完全に足を切断するつもりだったにもかかわらず、ギリョウの刃は毛皮と表面の皮膚を裂いただけだった。

硬い筋肉とは違い、ゴムのような弾力がある脂肪に阻まれたのだ。ギリョウは刃を引き抜こうとしたが、脂肪に押しつぶされて動かすこともできない。

「馬鹿なっ!!　なんだこやつは……ぬおっ!?」

「ブヒィッ!!」

そんなギリョウに対し、オークロードは反対の足で蹴りを入れる。ギリョウはそれを回避するが、武器を手放してしまった。

その光景を目撃したドリアが、ギリョウに当たらないように気をつけながら再び砲撃魔法を放つ。

「これならどうだ!!　『サンダーランス』!!」

「プギィッ!?」

「おおっ!!」

「やった!!　さすがはドリア様!!」

雷属性の砲撃魔法が放たれ、今度は確実にオークロードに命中した。兵士達は歓声を上げるが、ドリアは杖を構えたまま目を離さない。

「だめだっ……この程度で倒れる相手ではありません!!」

「プギィイイイッ!!」

ドリアの言葉通り、オークロードは再び跳躍する。

周囲に生えている木々を足場にして次々と飛び移る。豚というよりも猿のように次々と樹木を移動する相手に、ドリアは狙いを定められない。兵士達も混乱してしまう。

「プギィイイイッ!!」

オークロードは、ゴム毬《まり》のように跳ね回った。

ロプスやルウでさえ周囲を見渡して困惑していた。

姿を見かけたときには、すでにほかの場所に移動している。魔法で狙い撃ちしようにも、動きを止めない限りはどうしようもなかった。

「プギィイイイッ!!」

「いかん!! 馬車から離れろっ!!」

「わわっ!?」

「とうっ」

「ぷるぷるっ」

バルトスがオークロードの狙いに気づいて、馬車の中のリーリス達に注意を促すと、二人と一匹は慌てて外に飛びだした。

直後、馬車の上から巨体が落下してきて、プロレスのフライングボディプレスのように馬車を破壊する。

「ブヒィイイイッ!!」

「うわぁっ⁉」

「ぎゃああっ‼」

「ギャンッ⁉」

破壊された馬車の木片が、周囲に散らばる。

その際、近くにいた兵士と黒狼が巻き添えをくらった。それを見たルノは手を構え、オークロードに螺旋氷弾を放つ。

「このっ‼」

「プギィッ⁉」

「氷塊」の砲弾が、その頭部に命中する寸前――

オークロードは上空に回避する。

ルノが放った螺旋氷弾は地面に衝突し、削岩機のように地中を掘ると、完全に埋まってしまった。

「ブヒイイイッ……‼」

「くそ、狙いは馬車だったかっ‼」

「いかん‼　早く全員を馬車から降ろせっ‼」

「待って‼」

オークロードの次の狙いが発覚した。

狙われている馬車自体を避難させようとするが、ルノはそれを制止すると、右手を構えてオークロードの動きを追う。

（集中しろ……焦らなければ大丈夫）

先ほどのドリアの雷属性の砲撃魔法は命中した。ルノは、雷属性の魔法の特徴を思いだす。雷属性の長所は威力の高さもあるが、何よりも即効性に優れている点にある。

ルノは右手に白色の電流を迸《はし》らせながら「観察眼」のスキルを発動する。

そうして、オークロードの行動を先読みして魔法を放った。

「……そこだっ!!『白雷』」

「プギャアアアアッ!?」

「うおおっ!?」

ルノは、オークロードが次に移動しようとした樹木を特定して「白雷」を放って的中させた。オークロードは身体を痺れさせたまま、地面に墜落していく。

「プピィイイイッ……!?」

「無駄だよ。その電気は簡単には離れない……あれ、なんかスキル覚えた？」

《技能スキル「命中」を習得しました》

ルノは視界に表示されたスキルを確認する。攻撃の命中率を上昇させる、技能スキルを習得したらしい。

「さすがじゃな……よくこれほどの大物を仕留めたのう」

ギリョウが感心して言う。

「あ、お爺さんの剣を抜かないと……」

「すまんのう。儂が触ると感電しそうじゃ」

ルノはオークロードの右足にくい込んだままの仕込み杖を引き抜き、ギリョウに手渡す。ギリョウの言う通り、ルノ以外の者が下手に触れると「白雷」に感電してしまう恐れがあった。

ギリョウは恐る恐る受け取ると、刀身に傷がないことを確認して安堵の息を吐く。オークロードが鳴き声を上げる。

「ブヒィイイイッ……!!」

「何か憎々しげにルノさんを睨みつけていますけど……どうします？」

「面倒だから始末する。問題ないかな？」

「う、うむ……頼む」

ルノは手を構えてオークロードにとどめを刺そうとしたそのとき、ある考えを思いつく。それは、先ほど「光球」の魔法を利用したときに思いついた戦法だった。

ルノは、オークロードが「白雷」を帯電したまま状態なのを確認し、自分のステータス画面を開く。

「この状態で強化スキルを発動したらどうなるのかな」

「え、ちょっ、何をする気っ……!?」

ルノの何気ない発言に、リーリスが声を上げた。ルノの指が画面に触れた瞬間、雷属性の強化スキル「紫電《しでん》」が解放された。

「ブヒィイイイイッ……!?」

オークロードから紫色の電流が迸《はし》り——一瞬にしてその肉体を黒焦げにした。

その光景を見て、誰もが顔をしかめた。口元を押さえる者もいる。

ルノは目の前の惨状《さんじょう》に冷や汗を流しながら、慌てて強化スキルを解除する。

「うわぁっ……強化スキルって、発動したあとの魔法にも効果が出るんだ」

「う～んっ……まさに豚の丸焼き」

「クゥ～ンッ……」

「食うなよっ」

黒狼達が焼け焦げたオークロードの死骸を見て涎《よだれ》を垂らしたが、先にルノが注意する。

オークの肉は食用にもなると聞いたことはあるが、それでも自分のペット達に変な物は食べてほしくなかった。

「それにしてもオークロードが現れるとは……いったいどうなっておる!!」

「そんなに珍しい魔物なんですか？」

「珍しいも何も希少種ですよ。突然変異で生まれたオークの王様ですからね。滅多に姿を現さない伝説の魔物です」

「え、そんな貴重な相手を倒したの？」

「もしかしたら最後の一体を倒したのかもしれませんね。ということは、ルノさんが絶滅させたことに……」

「ええっ……」

ルノは自分が貴重な魔物を倒したことを知り、レベルを確認すると――驚くべきことに65にまで上昇していた。

「しかし……馬車が壊されてしまったのう。どうにかならんのか……」

「別の馬車に乗ればいいじゃないですか」

「それはそうじゃが……残りの馬車は捕虜と我らの食料と夜営用の道具を積んでいる。仕方ない、次の街に着いたら新しい馬車を購入しよう」

「あ、それなら俺に任せてください。良いことを思いつきましたから」

「良いこと？」

「皆!!　こっちに来て!!」

「ウォンッ？」

破壊された馬車がなくなった以上、バルトス達も馬か徒歩で移動するしかないのだが――ルノは魔物達を呼び寄せる。

主人の命令に黒狼の群れとルウとロプスが集まり、ルノはルウに屈むように指示を出した。

「この子達の上に乗ってください。普通の馬より速いし、馬車よりも気持ち良いですよ」

「い、いやそれは……大丈夫なのか？」

「大丈夫だよね？」

「ウォンッ!!」

ルウは任せろとばかりに吠え、姿勢を屈めてバルトスの前に移動する。

バルトスは普通の馬の二倍以上の巨体のルウに圧倒されていたが、ほかの人間の力を借りて背中に乗り込む。

「おっとと……こ、これはすごいのう。長く生きてきたが、まさか狼の背中に乗る日を迎えるとは……」

「あ、ギリョウさんもどうぞ」

「儂も!? いや、儂は徒歩で結構……」

「ギリョウよ、覚悟を決めるのじゃ……儂の背中を任せたぞ」

「せ、先帝……」

お年寄りを労わるようにルノがギリョウを促すと、彼は遠慮しようとしたが、バルトスが遠い目をしながら命令を下す。

ギリョウは戸惑いながらもバルトスの後ろに乗った。

「ロプスは俺とリーリスを担いでくれる？」

「キュロッ」

「お～……これは楽ですね」

ロプスの両肩にルノとリーリスが座り、しばらくの間はこの状態で移動を行う。

次の街で新しい馬車を入手するまでの辛抱であり、バルトスとギリョウはどうにも落ち着かない気分を味わう羽目になった。

6

その頃、陽菜が消えた地球では――

病院から追いだされるように出てきた佐藤、加藤、鈴木。彼らは加藤の父親が運転する車の座席に座ると、暗い表情を浮かべた。

そんな彼らを見て、加藤の父親はため息をつく。

「なんなんだお前ら……せっかく退院したってのにそんなに落ち込んで、それほど陽菜という子のことが気になるのか？」

「親父……花山陽菜だよ。忘れたのか？」

「またその話か……確かに花山さんとは面識があるが、あそこは子供がいないだろ。いい加減にしろ」

「そう、なんですね」

加藤の父親は、陽菜のことは覚えていない。だが、彼女の両親とは面識があり、存在を忘れているのは、あくまでも消えた陽菜だけだった。

どうして自分達以外の人間が陽菜のことを忘れているのか。

やはりあの世界に陽菜が召喚されたのが原因だろう、というのが三人の結論だった。

病院を隅々まで探しても、陽菜は見つからなかった。加藤の父親の態度から考えても、陽菜の存在自体が忘れられているのは間違いない。

あちらの世界に召喚された人間は、地球では存在そのものがなかったことになるのかもしれない。

もしかしたら、佐藤達もあちらの世界にいたときは、存在がなかったのかもしれなかった。

だが、陽菜がいた痕跡だけは残っていた。

鈴木は、陽菜からもらった猫のキーホルダーを見つめる。

これは、彼女が誕生日のときに陽菜からもらった物だ。彼女がこの世界に存在していたという事実は変わらない。だからこそ希望はまだ残っている。

鈴木はほかの二人に話しかける。

「私達が陽菜のことを覚えているのは、あの世界に召喚されたからよ……つまり、陽菜を覚えているのは、私達だけなの」

「くそ、じゃあすぐに助けに行かないと……」

「まずは準備するのよ……もしも私達があっちの世界で捕まったらどうするの？　この世界に帰れるのは、聡君だけなのよ」

「だけど……」

「私達がするべきことは準備よ。身を守るすべも持たずにあの世界に戻るのは危険すぎるわ」

「……そうだな」

鈴木の言葉で少しは冷静になったのか、佐藤と加藤は頷く。だがその内心は、陽菜が危険な目に遭っているのではないか、とひどく心配していた。

そして、それは鈴木も同じだった。

だが、ここで冷静さを失えば取り返しがつかないことになる。

鈴木は車が通りかかったデパートを見て、停めるように促す。

「あ、おじさん!!　あのデパートに寄ってくれませんか？　ちょっと買いたい物があって……」

「ん？　いいけど、何を買うんだ？」

「ちょっと、いろいろとね……二人もそうでしょう？」

佐藤と加藤は、鈴木に合わせることにした。

「あ、ああ……」

「親父、寄っててくれ」

「おう」

三人の言葉に、加藤の父親は車をデーパートに向けて走らせる。

佐藤と加藤は、鈴木に質問する。

「おい、デパートに寄って何を買うんだよ？」

「武器になるような物か？」

「それもあるわ。だけど、一番に買うのは、身を守るのに役立つ道具よ」

「だからなんだよ？」

「……防犯グッズよ。身を守るという点では一番役立つでしょ？」

鈴木の言葉に、二人は納得したような表情を浮かべた。こうして三人は、陽菜を救いだすために動き始めた。

×　×　×

その頃、異世界の陽菜は、城の医療室で昼寝を堪能していた。

彼女のそばには、食い荒らされたお菓子がある。陽菜はスライムの形をした抱き枕を抱えながら呑気に眠っている。

「う~ん……もう食べられないよぅ」

定番の寝言を口にし、彼女はあどけない寝顔を晒す。

その様子を、窓の外からうかがう黒い影がいた。彼女が召喚される原因を作った黒いスライムである。

スライムは陽菜の顔を見ながら呟く。

「……こいつじゃない」

一言だけそう告げると、スライムは窓から離れて城を立ち去っていった。

7

時をさかのぼり、陽菜がこの世界を再び訪れてから間もない頃。

ルノは彼女のもとを訪れ、よく話し相手になっていた。一人だけで訪れるのではなく、スラミンやロプスといった魔獣を連れていくと、彼女は嬉しがった。

「陽菜さん、いる？」

「あ、霧崎君!?　ちょっと待ってね、今は着替え中だから……入っちゃだめだよ～」

「大丈夫だよ、俺は気にしないから」

「私は気にするよ!?」

「冗談だって!!　……今日は友達も連れてきたよ」

陽菜が着替え終わるまで待ってから、ルノはスラミンを頭に乗せながら部屋の中に入る。

スラミンを見た瞬間、陽菜は嬉しそうに両手を広げた。

「あ、スラミン君も一緒だったんだね!!　ほらほら、こっちにおいで～」

「ぷるぷるっ」

スラミンは陽菜に飛びつき、高校一年生とは思えない豊満な胸の中に収まった。陽菜は嬉しそうに、谷間に埋まるスラミンを抱きしめる。

「やん、またそんな所に……もう、スラミンは悪戯《いたずら》っ子だね～」

「ぷるるんっ」

「それと、今日はケーキも持ってきたよ」

「ケーキ!?　ありがとう、霧崎君!!」

ルノがケーキを差しだすと、陽菜は嬉しそうにルノの腕に抱き着いた。スラミンも交えた柔らかな物体三つに挟まれたルノは、頬を赤くしながら彼女を引き離す。

「ちょ、落ち着いて花山さん……ほら、スラミンも離れなさい」

「あ、やんっ……そ、そっちは私の胸だよ～」

「わわっ!? ご、ごめんなさい!!」

「ぷるぷるっ」

何をしてるんだとばかりに、スラミンは陽菜の頭の上で呆れたような表情を浮かべるのだった。


ルノと陽菜は机を挟んで座り、ケーキを切り分けた。

陽菜のいる医療室は、彼女の趣味で女の子らしいインテリアになり、本来の怪我を治療するための場所とは思えない感じになっている。

陽菜がこの世界に馴染めるようにと、城内の者がやってくれたのだ。

ちなみに、医療室は陽菜専用の部屋となっている。そのことに不満を抱く者はおらず、むしろ陽菜のおかげで、帝都の医療環境は充実しているとも言えた。

「あ、あの……勇者様、いらっしゃいますか？」

扉がノックされて男性の声が響くと、ルノが陽菜に視線を向ける。

「ん？　陽菜さん、また仕事みたいだよ」

「え〜……まだ一口も味わってないのに」

陽菜は少し残念そうに席から立ち上がって扉の前に出向く。

扉を開けると、腕から血を流す兵士の姿があった。兵士は陽菜の顔を見て、緊張したように大げさに敬礼する。

「す、すみません……訓練中に腕を怪我しまして、その、また治療をお願いしていいでしょうか？」

「うん、いいよ〜」

陽菜は兵士を室内に入れると、怪我をした箇所に両手を添えた。

そして意識を集中し、目を閉じて魔法を施す。

「えっと……『レトロヒール』」

「おおっ……!!」

陽菜の両手から白い光が放たれ、兵士の腕は瞬く間に完治した。傷跡さえいっさい残らず、きれいに消えてしまい、兵士は興奮して腕を振り回す。

「あ、ありがとうございます!! これでもっと頑張れます!!」

「怪我をしないように気をつけてね〜」

「はい!! 頑張ります!!」

治療を終えた兵士は、陽菜に礼を告げて去っていった。その様子を見たルノとスラミンは、陽菜に向かって拍手する。

彼女は照れ臭そうに振り返ると、椅子に再び座った。

ルノは感心するように陽菜に話しかける。

「すごいね、花山さん。回復魔法をあそこまで使えるなんて……さすがは大魔導士だね」

「えへへ……本を読んでたら使えるようになっただけなんだけど、皆の役に立つなら嬉しいな～」

「ぷるるんっ」

大魔導士である陽菜は、すべての魔法を覚える素質があった。

治癒魔導士しか覚えられない回復魔法が覚えられるだけでなく、レベル１にもかかわらずかなりひどい怪我まで治療できたのだ。

そんなわけで先ほどのように、負傷した兵士達の多くが陽菜のもとを訪れていた。

帝都に治癒魔導士が少ないというのもあるが、彼女が勇者でありながら人柄が良く、どんな怪我でも嫌な顔をせずに治療し――そして何より巨乳というのも、彼女に負傷者が殺到する理由だった。

扉の向こう側で、次々と声が上がる。

「すみません、陽菜様、いらっしゃいますか!?　実は腕を怪我しまして……」

「俺は足を擦りむいちゃって……」

「自分はちょっと背中を……」

「え～また来たの？　これじゃあ食べられないよ～」

陽菜がケーキを食べられず残念がっているので、ルノが陽菜の代わりに対応し、断ってあげることにした。

「あの、すみません。陽菜さんは今は食事中なので用件ならあとに……」

ルノが顔を出した途端――兵士達は、一目見て後ずさってしまった。

デキンの騒動の際に、彼の規格外の暴れっぷりを目の当たりにしていた彼らは、ルノに恐怖していたのだ。

「う、うわぁあああっ⁉　ル、ルノ様⁉」

「すみません‼　すみません‼　自分、調子に乗ってました‼」

「あ、もう大丈夫です‼　こんな怪我なんて唾をつければ治りますよね‼　失礼します‼」

走り去る彼らを見て、ルノは激しく傷つく。

「俺……そんなに怖いかな？」

「え、えっと……ほら、一緒にケーキ食べようよ？　美味しいよ～」

「ぷるぷるっ……」

陽菜とスラミンは、ルノを慰めるように抱き着いた。

この一件以降、軽い怪我で医療室に来る兵士の数は激減し、本当に治療が必要な者だけが訪れるようになったのだった。

元Sランク勇者の
天然やりすぎファンタジー開幕!

魔境と恐れられる最果ての街に、一人の少年がふらりとやって来た。彼の名は、ロイ。Fランクの新人冒険者である。魔物蔓延る過酷な辺境での生活は、彼のような新人にはあまりに荷が重い。ところがこの少年、実は魔王を倒した勇者だったのだ。しかも、ロイにはその自覚がまるでないものだから、周囲は大混乱!?

規格外新人冒険者のちょっと賑やか(?)な辺境生活が始まる!

●定価：本体1200円+税　●ISBN 978-4-434-27061-1

illustration：ひづきみや

万能魔法師の異世界開拓ファンタジー！

大貴族家に生まれたが、魔法適性が「植物」だったせいで落ちこぼれの烙印を押され家を追放された青年、アシュト。彼は父の計らいにより、魔境の森、オーベルシュタインの領主として第二の人生を歩み始めた。しかし、ひょんなことから希少種族のハイエルフ、エルミナと一緒に生活することに。その後も何故か次々とレア種族が集まる上に、アシュトは伝説の竜から絶大な魔力を与えられ——!?　一気に大魔法師へ成長したアシュトは、植物魔法を駆使して最高の村を作ることを決意する！

◉定価：本体1200円＋税　◉Illustration：Yoshimo　◉ISBN 978-4-434-26515-0

この作品に対する皆様のご意見・ご感想をお待ちしております。
おハガキ・お手紙は以下の宛先にお送りください。

【宛先】
〒150-6005 東京都渋谷区恵比寿4-20-3 恵比寿ｶﾞｰﾃﾞﾝﾌﾟﾚｲｽﾀﾜｰ 5F
（株）アルファポリス　書籍感想係

メールフォームでのご意見・ご感想は右のＱＲコードから、
あるいは以下のワードで検索をかけてください。

アルファポリス　書籍の感想　検索

ご感想はこちらから

本書はWebサイト「アルファポリス」（https://www.alphapolis.co.jp/）に投稿されたものを、改題・改稿、加筆のうえ、書籍化したものです。

最弱職《さいじゃくしょく》の初級《しょきゅう》魔《ま》術《じゅつ》師《し》2

初級《しょきゅう》魔法《まほう》を極《きわ》めたらいつの間《ま》にか「千《せん》の魔術師《まじゅつし》」と呼《よ》ばれていました。

カタナヅキ

2020年 1月31日初版発行

編集－芦田尚・宮坂剛
編集長－太田鉄平
発行者－梶本雄介
発行所－株式会社アルファポリス
〒150-6005 東京都渋谷区恵比寿4-20-3 恵比寿ｶﾞｰﾃﾞﾝﾌﾟﾚｲｽﾀﾜｰ5F
TEL 03-6277-1601（営業）　03-6277-1602（編集）
URL https://www.alphapolis.co.jp/
発売元－株式会社星雲社
〒112-0005東京都文京区水道1-3-30
TEL 03-3868-3275
装丁・本文イラスト－ネコメガネ
装丁デザイン－AFTERGLOW
印刷－中央精版印刷株式会社

価格はカバーに表示されてあります。
落丁乱丁の場合はアルファポリスまでご連絡ください。
送料は小社負担でお取り替えします。

ISBN978-4-434-27059-8　C0093